Crazy Doc

Rüdiger Schneider

Crazy Doc

Roman

Bibliografische Information der Deutschen Nationalbibliothek: Die Deutsche National-bibliothek verzeichnet diese Publikation in der Deutschen Nationalbibliografie; detaillierte biblio-grafische Daten sind im Internet über http://dnb.d-nb.de abrufbar.

Herstellung und Verlag: BoD - Books on Demand, Norderstedt

ISBN: 978-3-7392-1550-1

1

„Leute, holt die Kinder rein! Scharia kommt mit Feuerschein."

Dr. Eugen Mondmann schüttelte den Kopf, faltete die Zeitung zusammen, legte sie auf dem Schreibtisch beiseite. Der Spruch, den er gerade gelesen hatte, bildete den Schluss eines Kommentars zu einem der jüngsten deutschen Gerichtsurteile. Zwei Salafisten hatten Scharia, islamische Sittenpolizei gespielt, eine Spielhalle betreten, „Allahu Akbar", „Allah ist groß" gerufen, die Gäste aufgefordert, diesen Ort des Teufels zu verlassen. Als alle panisch hinausgelaufen waren, hatten sie einen Molotowcocktail geworfen und die Halle abgefackelt.

Drei Monate auf Bewährung hatte der Richter gegeben. Ein mildes Urteil, zu milde, wie der Kommentator fand. Der Richter hatte es damit begründet, man müsse Rücksicht nehmen und die Rechtsauffassung der Scharia verständnisvoll ins Urteil einfließen lassen. Schließlich sei der Islam ein Teil der deutschen Kultur.

Solche Urteile häuften sich. Erst vor ein paar Monaten hatte eine Frankfurter Richterin die Klage einer Frau abgewiesen. Diese hatte gefordert, vor Ablauf des Trennungsjahres von ihrem gewalttätigen muslimischen Mann geschieden zu werden. Von dem Züchtigungsrecht hätte sie doch vor der Ehe gewusst, hatte die Richterin gemeint und die Klage abgewiesen.

„Jetzt versuchen sie schon, die Scharia zu integrieren", hatte Mondmann da geknurrt.

Die Seitentür des Sprechzimmers wurde aufgeschoben. Hildegard Gabriel, Mondmanns Sekretärin, kam mit einer Tasse Kaffee.

„Sie sehen aber missmutig aus, Doc", meinte sie und schob die Tasse vor Mondmann auf den Schreibtisch.

„Mag sein", antwortete der. „Habe gerade einen Kommentar zum jüngsten Scharia-Urteil gelesen. Sie kennen dieses Urteil?"

„Sicher. Steht ja in allen Zeitungen. Muss man sich darüber wundern? Unsere Kanzlerin sagt doch, der Islam sei ein Teil der deutschen Kultur. Neugeborene islamische Mädchen werden immer häufiger Angela genannt. Aus dem C der CDU ist doch schon längst ein Halbmond geworden. Unser Christentum geht verloren."

„Es steht auf dem Prüfstand", meinte Mondmann. „Wen wundert's? Im Westen tobt nur noch der Wahnsinn. American Way of Life! Ein Prozent der Weltbevölkerung besitzt so viel wie die restlichen 99. Die Welt da draußen ist das wahre Irrenhaus. Nicht wir hier. In unserer Psychiatrie herrschen friedliche Verhältnisse."

„Die wünschte ich mir da draußen auch", seufzte Hildegard Gabriel. „Wissen Sie, dass ich neuerdings Angst habe, abends alleine auf die Straße zu gehen? Immer mehr Frauen werden belästigt, angegrapscht. Die Muslime kennen überhaupt keinen Respekt."

„Wir wollen nicht alle in eine Schublade stecken", sagte Mondmann. „Es gibt solche und solche."

„Bekommen Sie die Entwicklungen nicht mit, Doc? Wir sind mitten in einer Islamisierung. Die meisten Flüchtlinge sind junge Männer, kommen mit gefälschten Pässen oder werfen ihre Ausweise vorher weg. Multikulti, Integration! Unsere Politiker spinnen doch. Wie kann die Kanzlerin ein herzliches Willkommen rufen. Unsere eigenen Rentner verarmen, sammeln Flaschen, und da lädt diese Frau die halbe Welt ein mit Begrüßungsgeld. Wo man helfen muss, muss man natürlich helfen. Aber doch nicht so. So fahrlässig. Wer weiß, wer da alles ins Land kommt? Verzeihen Sie Doc, aber ich muss meinem Herzen einmal Luft machen. Sie scheint das weniger zu bekümmern."

„Ich weiß es noch nicht", antwortete Mondmann. „Ist es denn wirklich so dramatisch? Aber beunruhigen tut es mich schon. Die Attentate. Erst neulich wieder in Paris. Länderspiele werden abgesagt. Ganze Städte lahmgelegt. Aber ob wir in einer Islamisierung stecken? Ich weiß es nicht. Ein friedliches Zusammenleben wäre ja möglich. Mir fällt da als Beispiel das portugiesische Faro ein. Das war einmal die für Christen und Muslime gemeinsame Stadt der Dichter und der Poesie, ‚Capital dos poetas e da poesia'. Wie schön! Bis so ein friesischer Kreuzritter, ein Christ, alles in Schutt und Asche legte."

„Zusammenleben! Sie haben vielleicht Humor! Warum muss ich dann abends Angst haben? Wissen Sie, was eine meiner Freundinnen über die Kanzlerin gedichtet hat?"

„Nein."

„Beim herzlichen Willkommensein lässt Mutti auch die Gangster rein."

„Ja, ja", entgegnete Mondmann. „Eine vertrackte Geschichte. Aber ist das Willkommensein nicht auch eine Geste christlicher Barmherzigkeit? Ich sag' ja, das Christentum steht auf dem Prüfstand.

‚Gebt den Hungrigen zu essen, nehmt Obdachlose bei euch auf, und wenn ihr einem begegnet, der in Lumpen herumläuft, gebt ihm Kleider! Helft, wo ihr könnt, und verschließt eure Augen nicht vor den Nöten eurer Mitmenschen! Dann wird mein Licht eure Dunkelheit vertreiben.' Jesaja, 58,7.“

Hildegard Gabriel zog die Augenbrauen hoch. „Wusste gar nicht, dass Sie so bibelfest sind.“

„Bibelfest? Nicht mehr so ganz. Könnte allerdings noch Matthäus hinzufügen. ‚Was ihr einem meiner geringsten Brüder getan habt, das habt ihr mir getan.' Na ja, ich hatte mal ein paar Semester Theologie als Nebenfach. Ist aber schon über dreißig Jahre her. Auf jeden Fall aber werde ich mich jetzt auch mit dem Koran beschäftigen müssen. Das ist ja das Manifest des Islam.“

„Das werden Sie in zehn Minuten schon können. Wir haben nämlich seit gestern einen muslimischen Patienten, einen Afghanen. Der kommt gleich in Ihre Sprechstunde. Ich bringe Ihnen gleich noch die Mappe mit den Informationen.“

„Ach, wusste ich noch gar nicht. Seit gestern?“

„Ja, seit gestern.“

„Und was hat er? Was fehlt ihm?“

„Machen Sie sich selbst ein Bild. Sie werden es sofort erkennen.“

2

Kaum hatte Hildegard Gabriel die Patientenakte geholt und war wieder gegangen, da klopfte es an der Tür des Sprechzimmers. Mondmann blickte auf, rief „Herein, bitte!" Die Tür öffnete sich. Ein Mann mittleren Alters, mit schwarzem Haar und ebenso schwarzem Krausbart erschien, murmelte „Allahu akbar!", drehte sich und kam rückwärts gehend auf Mondmann zu. Der sagte: „Grüß Gott!" und auf einen Stuhl vor dem Schreibtisch zeigend: „Bitte setzen Sie sich doch." Mondmann studierte das vor ihm liegende Blatt, blickte wieder auf, fragte: „Herr Suleiman Asbesi?" Der Angesprochene nickte bestätigend.

„So", begann Mondmann das Gespräch. „Sie sind seit gestern in unserem Haus. Ich sehe auch schon warum. Sie leiden unter zwanghaftem Rückwärtsgehen. Richtig?"

„Ja, so ist es. Ich verstehe es nicht, kann mich nicht dagegen wehren. Meine Beine haben sich verselbstständigt, gehorchen mir nicht mehr."

„Das kriegen wir schon wieder hin", tröstete ihn der Doc. „Seit wann haben Sie das denn? Gibt es einen besonderen Anlass, ein Ereignis, das Ihr Verhalten ausgelöst hat?"

„Ja, ich glaube schon. Es war vor zwei Wochen. Meine Frau, meine deutsche Frau, steht morgens in der Küche, macht Bratkartoffeln mit Spiegelei, wie ich mir das immer zum Frühstück wünsche. Sie trägt noch ihren Morgenmantel. Ich trete hinzu, umfasse sie von hinten an den Hüften. Sie sagt: ‚Ich will jetzt nicht.' Das geht nicht, antworte ich. Ich werde dir dazu etwas aus dem Koran vorlesen. Ich gehe, hole den Koran, schlage die Sure Nummer zwei auf, komme zurück in die Küche und lese laut: 'Eure Frauen sind wie ein Ackerland für euch, also kommet zu eurem Ackerland, wie ihr wollt.' Was bedeutet das, meine Liebe? frage ich. Ich warte ihre Antwort erst gar nicht ab, lege den Koran beiseite, umfasse sie wieder an den Hüften Da dreht sie sich plötzlich um und haut mir die heiße Pfanne voll auf den Kopf. Ja, und seitdem kann ich nur noch rückwärts gehen. Es ist wie ein Zwang, dem ich nicht entkommen kann."

„Verstehe", sagte Mondmann. „Sie haben wahrscheinlich eine Gehirnerschütterung erlitten, und zwar eine mit Verschiebung neuralgischer Punkte, die für die Richtung unserer Motorik zuständig sind. So etwas lässt sich manchmal nach Verkehrsunfällen beobachten. Dann können die Verunglückten entweder nur nach links oder nur nach rechts laufen. Bei Ihnen ist es die Richtung rückwärts. Unter uns, Herr Asbesi, so etwas sagt man einer deutschen Frau auch nicht. Ackerland. Das war sehr fahrlässig. Nun gut, das Kind ist in den Brunnen gefallen. Helfen wir ihm hinaus."

„Ich kann also in Ihrem Haus zur Behandlung bleiben?" fragte Asbesi.

„Selbstverständlich. Mit uns haben Sie eine gute Wahl getroffen. Sie sind in einer geschützten frauenfreien Zone. Wir erholen uns hier von dem Stress da draußen. Wir singen Karaoke, spielen Skat, Schach, Poolbillard und Snooker, Fußball gehört als Außensport auch dazu. Wir haben eine internationale Küche mit einem Spitzenkoch. Sie können Vorträge hören zu religiösen und philosophischen Themen, einmal am Tag mit mir sprechen, eine Trommeltherapie belegen oder auch Lachyoga. Sind Sie künstlerisch begabt, dürfen Sie malen und töpfern. Was würde ich Ihnen empfehlen? Nun ja, Fußball scheidet bei Ihnen aus. Aber mit dem Trommeln erzielt man verblüffende

Resultate. Das empfehle ich Ihnen. Ich darf es Ihnen offenbaren. Ich habe es am eigenen Leibe erfahren. Ich war nämlich vor einem Jahr Patient in meinem eigenen Haus. Die näheren Umstände sollen hier nichts zur Sache tun. So viel sei Ihnen aber verraten. Mich hatte auch eine Frau um den Verstand gebracht. So, Herr Asbesi. Ich wünsche Ihnen einen angenehmen Aufenthalt. Wenn Sie wollen, sehen wir uns morgen wieder."

Mondmann erhob sich, ging um den Schreibtisch herum, schüttelte Suleiman Asbesi die Hand. Der stand ebenfalls auf, sah sich orientierend um und ging dann, die Füße rückwärts setzend, Richtung Tür. Der Doc eilte ein paar Schritte voraus, drückte die Klinke, öffnete. „Wird schon", murmelte er und klopfte seinem neuen Patienten aufmunternd auf die Schulter. „Was rückwärts geht, lässt sich auch wieder nach vorwärts orientieren."

3

Am Abend stand Mondmann auf der Terrasse seines Hauses, sah ins Bergische, rauchte, hatte ein Glas Burgunder in der Hand, dachte nach. Die Temperaturen waren angenehm, noch nicht winterlich. Es war ein sehr milder November.

Islamisierung? Ja, nein. Er wusste es nicht. Aber es hatte sich eine seltsame Nervosität über das Land gelegt. Eine zerrissene Mentalität. Er dachte an einen Urlaub, den er sich vor einem Monat für eine Woche gegönnt hatte. Da war er nach Málaga geflogen, mit einem Leihwagen die andalusische Küste, die Costa del Sol, entlanggefahren. In Estepona hatte er die erste Station gemacht, vom Balkon seines Hotelzimmers auf den westlich liegenden Felsen von Gibraltar geblickt. Hier waren im frühen Mittelalter die Araber nach Spanien gekommen, hatten es islamisiert. Hätte es nicht ein paar hundert Jahre später die Rekonquista, die Rückeroberung durch die Christen gegeben, wären die Araber über die Pyrenäen gekommen. War es jetzt wieder so weit? Moscheen schossen wie die Pilze aus dem Boden, während Kirchen geschlossen und Kreuze abgehängt wurden. Verdrängte der Islam das Christentum? Gab es das Christentum überhaupt noch? Oder war es vielmehr nur noch eine Hülle, ein dünnes Mäntelchen? War es nicht schon längst erledigt durch den American Way of Life, der die eigentliche Zielscheibe eines islamistischen Terrors war? War der nicht der Fluch einer bösen Tat, die Folge der Bombardierung Bagdads durch die Amerikaner? Jetzt hatte man mit einer neuen Völkerwanderung fertig zu werden. Die Flüchtlingsströme bestanden nicht nur aus Familien, sondern überwiegend aus jungen Männern. Ob man diesen die so genannte deutsche Leitkultur nahe bringen konnte? Ließ sich die arabische Machokultur umlenken zum deutschen Kuschelkurs? Waren das nicht nur fromme Wünsche deutscher Politikerinnen, die sich die Männer zurechtbiegen wollten? Mit den deutschen Kerlen konnte man so verfahren. Der deutsche Mann schob nicht nur den Kinderwagen. Er setzte sich auch selber hinein.

Der Doc dachte an Karla aus Köln, die er an einem der Abende in Estepona kennen gelernt hatte. Das war keine Affäre. Man hatte sich nur unterhalten. Karla war sechzig, bevorzugte junge, knackige Kerle, die sie sich mit ihrer ansprechenden Figur und ihrem finanziellen Wohlstand auch leisten konnte. Mondmann hatte an ihr geschätzt, dass sie das, was sie wirklich dachte, auch unverblümt aussprach. Karla kannte die Männer. Sie war in einem Kölner Büro beschäftigt gewesen, hatte sich aber als Domina ein besseres Brot verdient und den Bürojob an den Nagel hängen können.

„Was meinst du", hatte sie an dem Abend in Estepona gesagt, „was diese jungen muslimischen Männer im Sinn haben? Integration? Lächerlich. Die wollen Frauen haben. Sprachkurse? Lächerlich. Die lernen Worte wie ‚Ficken, Frau, Auto, Geld.'. Das reicht denen."

Und Karla hatte zu den Wünschen der Männer noch ganz andere Sätze gesagt, mit einem Vokabular, das eher in eine ungeöffnete Geheimkiste gehörte als ausgesprochen zu werden. Am zweiten Tag hatten sie gemeinsam einen Ausflug gemacht, waren mit ihrem Auto, einem feuerroten Porsche, ein Stück westwärts die Küste entlang gefahren bis nach Manilva und dann in die Berge abgebogen.

„Ich weiß nicht", hatte Mondmann unterwegs einmal gesagt. „Es ist eine traurige Geschichte. Wenn wir Christen wären, müssten wir unsere

Türen eigentlich für alle öffnen, die in Not sind. Der Reichtum ist bei uns ja da."

Karla hatte gelacht, geantwortet: „Träum weiter, Junge! Du gehörst eher in den Vatikan zum Papst als in diese Welt."

In irgendeinem der Bergdörfer hatten sie zu Mittag gegessen. „Sei mir nicht böse", hatte sie ihm da eröffnet. „Heute Abend musst du alleine bleiben. Ich brauch mal wieder einen leckeren, schwarzen Kerl."

Böse war er ihr nicht. Eher erleichtert. Sie war nicht seine Traumfrau. Den Domina-Job nahm er ihr nicht übel. Sollte sie doch die doofen Kerle ausbeuten. Warum nicht? Dass sie Afrikaner vernaschte, war auch in Ordnung. Denen konnte sie nicht auf der Nase herum tanzen. Das lief eher umgekehrt.

So hatte er am Abend alleine auf dem Balkon in Estepona gesessen, nach Gibraltar gesehen. War nicht seine Psychiatrie auf dem Bonner Venusberg die bessere, die barmherzigere Welt? Böse und ungleichmäßig war der Reichtum verteilt. Allein in Saudi Arabien saßen fünftausend muslimische Prinzen und lebten in Saus und Braus.

4

Dass Mondmann vor einem Jahr die Leitung der Klinik wieder übernommen hatte, grenzte an ein Wunder. Dreißig Jahre hatte er das Haus auf dem

Bonner Venusberg geführt, das Modell einer frauengeschützten Zone eingeführt, sich in der Fachwelt einen Namen gemacht mit dem Mondmannschen Gesetz. Das besagte nichts anderes, als dass hinter jedem gescheiterten Mann eine Verrückte stand. Es war sozusagen die Umkehrung des Volksmundes, der behauptete, hinter jedem erfolgreichen Mann stehe eine starke Frau. Es gab aber nicht nur erfolgreiche Männer, sondern auch gescheiterte. Und für die galt, wie Mondmann aus der Anstaltspraxis wusste, ein anderes Gesetz. Eben seins, das Mondmannsche.

Und dann hatte es ihn selber erwischt. Mit einer Malerin war er nach Lissabon geflogen. Erotisches Schokopainting sollte auf dem Programm stehen. Er hatte nicht Aufwand und Kosten gescheut, eine teure Hotelsuite mit Blick auf den Tejo gemietet, eine rauschende Liebesnacht am Cabo da Roca erlebt. Am nächsten Morgen aber lag er alleine im Doppelbett. Die Frau war weg. Von da an wusste er das meiste nur noch aus Erzählungen. Er hatte sich mit Schokolade bemalt, war nackt durch das Hotel gelaufen und hatte immer wieder den Namen der Frau gerufen. Maya, Maya. Aus der Lissaboner Psychiatrie hatte ihn nach ein paar Tagen der Banker befreit. Der Banker war der Vorsitzende des Konsortiums, das den Bau der Klinik finanziert hatte und die Gewinne einstrich. Mondmann kam als Patient ins eigene Haus, unterzog sich einer Trommeltherapie bei einem Senegalesen, den er selbst eingestellt hatte.

„Das kriegen wir schon wieder hin, Doc", hatte Amadou gesagt. „Trommeln löst Energieblockaden, harmonisiert, bringt alle ihre Chakren wieder in Schwung. Auch die Menschen tönen, klingen, schwingen. Ich führe Sie wieder zu den Urklängen so wie damals, als Sie das Herz der Mutter schlagen hörten. Das waren die ersten Töne, die Sie wahrgenommen haben. Das Trommeln bringt Sie wieder ins Urvertrauen zurück, ruft die Erinnerung an das Archaische wach, erweitert Ihr Bewusstsein."

Dann hatte der Senegalese seine Hand genommen, den Puls gefühlt. „Ich suche jetzt die geeignete Trommel für Sie. Nein, wir nehmen keine Conga oder Kalimba, auch keine Bongo. Vielleicht eine so genannte ‚talking drum', eine Donno. Nein, auch nicht. Sie bekommen eine Urton-Trommel nach dem Goldenen Schnitt der Frequenzen. Die hat Obertöne in brillanter Qualität und lange, tiefe Bässe. Das ist genau richtig für Sie. Diese Trommel ist aus einem einheitlichen Stück harter Esche gefertigt und mit Dachshaut überspannt. Die tiefen Töne sind tiefer als tief, samtig, weich, wunderschön. Sie setzen Zeit und Raum außer Kraft, bringen Zentrierung und Erdung. Sie bekommen Ihr höchstmögliches Energiefeld. Die Urton-Trommel ist die richtige für Sie."

Der Doc, zum ersten Mal die Trommel vor sich, strich mit der Hand vorsichtig über die Dachshaut, erzeugte mit den Fingern und schließlich mit der ganzen Handfläche die ersten Töne und Vibrationen, lauschte den Klängen und spürte tatsächlich, wie etwas in ihm antwortete und mitschwang. Minutenlang war er so mit dem ersten Ertasten und Erforschen der Trommel beschäftigt, dass er völlig vergaß, wo er war. Für eine erste kleine Weile waren Raum und Zeit außer Kraft gesetzt. Amadou hatte ihn lächelnd beobachtet, genickt und dann, als Mondmann eine Pause einlegte, gefragt:

„Sie wissen wirklich nicht mehr, was in Lissabon passiert ist, Doc?"

„Nein, Filmriss. Absoluter Filmriss. Was davor war, also die Tage davor, weiß ich noch. Auch noch, dass ich am Abend vor diesem Black Out mit Maya Romero am Atlantik war, am Cabo da Roca. Eine irre Nacht, romantisch, außergewöhnlich. So etwas hatte ich noch nie erlebt. Wir fahren ins Hotel zurück, ins Barrio Alto. Nun ja, und am Morgen werde ich dann im Doppelbett wach, alleine. Maya ist verschwunden, unauffindbar. Ich habe ganz Lissabon nach ihr durchsucht."

„Wissen Sie noch, wie Sie sich mit Schokolade bemalt und nackt durch das Hotel gelaufen sind?"

„Nein, da beginnt der Filmriss. Ich weiß nicht mehr, was ich angestellt habe. Ich erinnere mich aber noch an den Zettel, den sie mir auf den Tisch gelegt hatte. ‚Wir sind zu einer Einheit verschmolzen. Jetzt kommt nur noch der Alltag, die Gewohnheit, die ich nicht ertrage und die uns töten würde. Deshalb muss ich gehen. Ich werde dich immer lieben.' Ja, diesen Zettel habe ich bestimmt hundert mal gelesen und nichts verstanden. Warum haut sie ab, wo es gerade außergewöhnlich schön wird? Ach ja, und jetzt erinnere ich mich wieder an ein Detail. Vielleicht ist es nicht unwichtig."

„Okay, erzählen Sie!" forderte ihn Amadou auf.

„Nun ja, als Maya verschwand, hatte sie ihre Zigarettendose in der Küche der Suite liegen lassen. Vielleicht hat sie die Zigaretten vergessen, vielleicht aber auch absichtlich zurück gelassen. Ihre Zigaretten enthielten meist eine gewisse Portion Gras, Marihuana. Das hatte ich kennen gelernt, als ich sie das erste Mal besuchte. Da hatte ich mitgeraucht. Wir kamen auf die Idee, nach Lissabon zu fliegen, dort das Schokopainting als erotische, wenn man es so nennen will, Sonderveranstaltung zu versuchen. Ich hatte ein paar Töpfe im Fluggepäck, Pinsel, verschieden-farbige Schokoladen. Die hatte ich mir im Kölner Schokoladenmuseum besorgt. So ein Set bekommt man allerdings auch im Internet. Kein Problem. Ich sollte Schmetterlinge und Blumen auf ihre Haut malen. Überall hin und das dann ablecken. Aber dazu kam es nicht. Außer den Blumen und Schmetterlingen hatte ich mir auch noch andere hübsche Motive ausgedacht. Zum Beispiel…"

„Doc, die Zigaretten! Sie wollten von den Zigaretten erzählen."

„Ach so. Ja. Also, sie hat die Zigarettendose liegen lassen. Ich hatte mir eine Flasche Portwein genehmigt und dachte, wenn Maya weg ist, dann vergnüge dich wenigstens mit ein bisschen Gras. Ich rauche die erste Zigarette, mir wird schummrig, ich fange an grundlos zu lachen, dann beginnt mein Herz zu rasen, eine große Unruhe erfasst mich. Ich will mit dem Leihwagen, den wir am Flughafen gemietet hatten, wegfahren, irgendwo-hin. Wohin, weiß ich nicht, finde aber den Schlüssel nicht. Lachen und Panik wechseln sich ab. Ich habe so einen Zustand noch nie erlebt. Im Nachhinein weiß ich, da war kein Marihuana drin, sondern

18

etwas anderes. Irgendeine verrückte Droge. LSD oder sonst etwas. Ich habe keine Ahnung. Von da an jedenfalls beginnt der Filmriss. Ich weiß nichts mehr, muss wie fremd gesteuert gewesen sein. Ich erinnere mich einfach nicht daran, dass ich mich mit Schokolade bemalt habe und nackt im Hotel herumgelaufen bin. Es ist wie ausgeblendet."

„Doc, das mit der Zigarette ist doch wichtig", warf Amadou ein. „Das ist keine Nebensächlichkeit. Ihr Zustand ist also von außen verursacht worden. Bis auf diesen Black Out sind Sie völlig normal. Sie gehören hier als Patient gar nicht hin."

„Ich möchte mich aber ein bisschen erholen", hatte Mondmann erwidert. „Und außerdem das Trommeln lernen. Danach verschwinde ich. Wir sind ja eine offene Klinik."

„Verschwinden. Wohin denn?"

„Nach Sayalonga."

„Sayalonga?"

„Spanien. In den Bergen. Etwa fünfzig Kilometer nordöstlich von Málaga. Ich habe dort eine kleine Finca. Bisher hatte ich sie meinen Patienten zur Verfügung gestellt. Jetzt brauche ich sie selbst. Ich habe über einiges nachzudenken."

„Und wovon wollen Sie leben?" fragte Amadou.

„Ganz einfach. Ich bin 65. Mich erwartet eine kleine Rente. Mein Haus im Bergischen werde ich verkaufen. Da habe ich eine finanzielle Reserve."

Amadou wiegte bedenklich den Kopf. „Doc, alleine in den Bergen. Das hält doch niemand aus. Spanien. Sprechen Sie Spanisch?"

„Wenig. Aber das lässt sich ja ändern. Außerdem suche ich nicht die Einsamkeit, sondern nur für eine gewisse Zeit das Alleinsein. Das ist ein Unterschied. Einsamkeit ist unerträglich. Mit der Natur, mit dem Universum, mit dem All eins sein, ist etwas anderes. Außerdem gibt es in der Gegend genug Deutsche, die ausgewandert sind. Einsamkeit, wenn man sie nicht will, gibt es da nicht. Und die Spanier haben nicht die kühle Mentalität, wie wir sie hier vorfinden. Die haben ein Stück Afrika im Blut. Ich will auch den deutschen Winter nicht mehr, dieses Grau, die Nässe, die Kälte, die Armut an Licht. Das schlägt einem aufs Gemüt."

„Sie wollen also Ihre Heimat verlassen?"

„Heimat? Was ist Heimat?" entgegnete Mondmann. „Heimat ist da, wo ich mich wohlfühle. Hier wird es immer schwerer."

Aber es kam anders. Amadou berichtete dem Banker von der Zigarette und dass mit dem Doc eigentlich alles in Ordnung sei. Der Banker wiederum berief das Konsortium ein und man überredete Mondmann, es wenigstens für zwei weitere Jahre zu versuchen, bis man eine andere Lösung gefunden habe. Auf seine Erfahrung mit dem speziellen Bonner Klinikmodell könne man nicht verzichten.

„Habe ich nicht meine Autorität verloren?" hatte Mondmann eingewandt. „Ein Gescheiterter therapiert Gescheiterte. Ist ja so, als würde ein Bankräuber über den ethischen Umgang mit Geld reden."

„Ach was!" hatte der Banker abgewunken. „Ihre Patienten denken nicht groß darüber nach. Mit Ihnen läuft der Laden, und so soll es bleiben."

Das war vor ziemlich genau einem Jahr gewesen.

5

Die einzige Frau im Haus auf dem Venusberg war Hildegard Gabriel. Sie war ein paar Jahre jünger als der Doc, Anfang 60, hatte vor zehn Jahren ihren Mann verloren und wollte mit dem, was sich Erotik oder Liebe nannte, nichts mehr zu tun haben.

„Meine Seelenruhe, Herr Dr. Mondmann", hatte sie gesagt, „ist mir heilig." Dabei war sie nicht unattraktiv, verstand es, sich feminin zu kleiden, mit Blusen, die einen kleinen Einblick in ein üppiges Dekolleté erlaubten, mit langen Röcken, die eine ausgesprochen weibliche Hüfte umspielten. Die blonden Haare trug sie manchmal hochgesteckt, manchmal fielen sie auch locker bis auf die Schulter. Mondmann hatte Glück mit seiner Wahl gehabt. Hildegard Gabriel kümmerte sich mütterlich um ihn, war kompetent und fleißig. Die zahlreichen Überstunden, die sie absolvierte, entlohnte der Doc großzügig. Das Lissaboner Abenteuer hatte sie mitbekommen. Schließlich hatte sie Flüge und Suite gebucht und in ihrer mütterlichen Art auch den Kopf geschüttelt und den Doc gewarnt. „Sie kennen die Dame ja kaum.

Und dann direkt so etwas. Wenn das mal gut geht!"

Es war nicht gut gegangen. Nachdem er sich eine Woche auf seiner Stube verkrochen hatte, hatte er endlich den Gang ins Sekretariat gewagt. Da hatte ihm der Banker schon signalisiert, dass ihn das Konsortium weiter als Leiter der Anstalt haben wolle. Trotz allem. Oder vielleicht auch gerade deshalb.

Hildegard Gabriel war von ihrem Stuhl am Schreibtisch aufgesprungen, auf ihn zugelaufen, hatte ihn umarmt.

„Ach, Doc, endlich sind Sie wieder da."

Sie hatte einen prüfenden Blick auf ihn geworfen. „Na, krank sehen Sie nicht aus. Es geht Ihnen besser?"

„Alles okay", antwortete er. „Bis auf die Erinnerung an den Black Out."

„Habe ich Ihnen doch gleich gesagt. Konnte doch nicht gut gehen. Da kennen Sie diese Kellnerin gerade mal einen Tag und fliegen mit ihr nach Lissabon. Doc, Doc!"

„Malerin ist sie. Gekellnert hat sie nur nebenbei."

„Egal. Jahrzehntelang sind Sie vernünftig und dann so etwas! Sie wissen wirklich nicht mehr, was Sie angestellt haben?"

„Nein. Wie weggeblasen."

„Nun ja. Dann müssen Sie eben mit der Lücke in Ihrem Gedächtnis leben."

„Kein Problem. Ich weiß ja aus den Erzählungen, was passiert ist. Was machen meine Schäfchen?"

„Unverändert. Der Professor sammelt nach wie vor Autokennzeichen. Donrath kommt jeden Abend mit einem Säckchen voll Steinen, die er für Meteoriten hält. Heppekausen buddelt nach Möhren, um die Abstammung des Menschen von der Möhre zu beweisen. Meisenheimer musste allerdings in die geschlossene Psychiatrie."

„Meisenheimer?"

„Der, dessen Frau sich einen Afrikaner aus dem Urlaub mitgebracht hatte."

„Ach ja, richtig. Er war aus seinem eigenen Haus vertrieben worden. ‚Du nix hier wohnen!' hatte der schwarze Mann gesagt. Was ist denn passiert?"

„Stellen Sie sich vor, seine Frau hat ihn hier besucht. Aber zusammen mit dem Schwarzen. Da ist er durchgedreht, wollte den beiden an die Gurgel."

„Durchtrieben von der Frau. Hat sie absichtlich gemacht. Sie will das Haus. Aber so einfach ist das nicht."

„Ja. Und dann hat Ihnen Konrad Vogel einen Brief geschrieben. Das ist der, den Sie auf den Jakobsweg geschickt hatten."

„Ja, ja, ich weiß."

Hildegard Gabriel hatte ihm einen Brief überreicht. Der Umschlag war noch geschlossen. Der Doc betrachtete Briefmarke und Stempel, runzelte die Stirn.

„Granada? Was soll das denn? Wo ist der denn gelandet? Na ja, werde ich später lesen. Frau Gabriel, Sie werden mich übrigens noch nicht los. Das Konsortium will, dass ich die Anstalt weiter leite. Traurig?"

„Doc!" Sie sah ihn vorwurfsvoll an. „Das ist endlich mal wieder eine gute Nachricht. Ich mache Ihnen einen Kaffee. Oder dürfen Sie nicht, weil Sie irgendwelche Medikamente nehmen?"

„Ich trommel nur. Medikamente brauche ich nicht."

Hildegard Gabriel versorgte die Kaffeemaschine mit Wasser und Kaffeepulver. „Doc", sagte sie. „Die Männer würden auch gerne wieder einen Vortrag von Ihnen hören. Sie fragen andauernd danach."

„Mal sehen. Ich hab' aber noch kein Thema."

„Brauchen Sie auch nicht. Machen Sie doch aus dem Stegreif. Sprechen Sie über weibliche Manipulationstechniken oder nennen Sie Ihren Vortrag ‚Ohne Frau zum Glück'. Irgendetwas wird Ihnen in der Richtung schon einfallen. Unsere Klienten warten darauf. Die brauchen wieder Zuspruch."

Hildegard Gabriel hatte ihm eine Tasse mit Kaffee zugeschoben. „Zwei Würfel Zucker sind schon drin. Wie immer", sagte sie. Der Doc hatte den Löffel genommen, den Kaffee gegen den Uhrzeigersinn gerührt, die Stirn gerunzelt, sinnend in den kreisenden Strudel geblickt, der sich in der Tasse bildete und gesagt: „Ich könnte es dieses Mal auch ganz anders machen. ‚Ohne Frau geht nix!' Wäre doch auch ein attraktiver Titel."

Den Vortrag hatte er ein Jahr vor sich hingeschoben, ihn nicht gehalten. Statt dessen kam er auf das Thema „Stress beim Hoffen auf die große

Geliebte und dann besonders bei ihrer scheinbaren Ankunft". Aber auch darüber hatte er nicht geredet. Es war ihm zu kompliziert. Außerdem fühlte er sich auf diesem Gebiet wie ein gebranntes Kind.

6

Vogels Brief hatte damals noch ungeöffnet vor ihm auf dem Schreibtisch gelegen, als es an der Tür klopfte. Bevor Mondmann „Herein!" rufen konnte, öffnete die sich. Ein Kopf lugte hervor, Lippen öffneten sich, brachten ein lang gezogenes „Aaah" hervor. Es war Kaplan, der Mathematikprofessor. Er richtete sich auf, betrat das Sprechzimmer, schloss die Tür hinter sich, blieb stehen.

„Hallo, Herr Mondmann! Wo waren Sie denn? Ich vermisse unsere Gespräche."

„Urlaub", hatte ihn der Doc zunächst lakonisch beschieden, sich dann aber erkundigt, um nicht unhöflich zu erscheinen: „Was macht Ihre Forschung, die Autokennzeichen?"

„Ich darf mich setzen?"

„Bitte!" antwortete Mondmann und unterdrückte einen Seufzer. „Aber ich habe nur ein paar Minuten Zeit."

„Macht nichts. Macht nichts. Meine Forschung? Ach so. Beendet. Ich habe 125 000 Kennzeichen untersucht. Die am häufigsten vorkommende Quersumme bei den Ziffern ist die Acht. Jetzt untersuche ich global die Buchstaben. Stellen Sie sich vor, der am häufigsten auf der Welt vorkommende Buchstabe ist das ‚A'. Es gibt Ortsnamen, da ist es sogar ganz dominant, z.B. Santa Olalla de Calla."

„Wo ist das denn?"

„In der spanischen Extremadura."

„Aha! Dann kann ich Ihnen ein weiteres Beispiel für die Dominanz des ‚A' nennen. Sayalonga."

„Das ist wo?"

„Bei Málaga."

„Schön, Herr Mondmann. Málaga ist ein weiteres Beispiel."

Mondmann betrachtete das Kuvert, das vor ihm lag. „Ich habe noch eins. Granada."

„Sehen Sie, sehen Sie!" rief Kaplan. „Das erhärtet meine Forschung. Das ‚A' ist dominant auf der Welt."

„Durchaus", bemerkte Mondmann. „Auch in Amerika. Denken Sie an Alabama. Und es ist weiblich."

„Weiblich? Wieso?"

„Naja", erklärte der Doc. „Das merkt man an der Dominanz des ‚a' in Frauennamen. Barbara, Anna, Marta usw. Bei den männlichen Namen finden Sie nur wenige. Und außerdem ist das ‚a' in den Urwörtern vorherrschend wie in ‚Papa' und ‚Mama'."

Kaplan staunte. „Daran habe ich noch gar nicht gedacht. Herr Mondmann, wollen Sie mein Mitarbeiter werden?"

Der Doc hob abwehrend die Hand. „Nein, nein. Die Lorbeeren gebühren Ihnen. Mit dem Professor

Kaplan haben wir endlich wieder einen deutschen Kandidaten für den Nobelpreis in Literatur."

„Meinen Sie?"

„Klar. So etwas muss man erst einmal herausfinden. Das hat noch keiner geschafft."

Auf Gregor Kaplans Gesicht zeigte sich ein Lächeln. „Aber Herr Mondmann, auf unsere Gesprächsstunden möchte ich trotzdem nicht verzichten."

„Müssen Sie auch nicht, verehrter Professor. Aber geben Sie mir bitte noch etwas Zeit. Nach meinem Urlaub muss ich mich erst wieder einfinden. Es ist viel Arbeit liegen geblieben."

„Verstehe", bemerkte Kaplan. „Nicht schlimm. Dann habe ich mehr Zeit für meine Studien."

„Haben Sie." Mondmann winkte kurz mit Vogels Brief. „Ich habe noch dringende Korrespondenz zu erledigen. Machen Sie's gut, Professor, und fühlen Sie sich weiter wohl in unserem Haus. Lassen Sie sich von Frau Gabriel einen Termin geben. Dann unterhalten wir uns weiter über das ‚a'."

Kaplan war der erste Klient oder auch Gast gewesen, mit dem er nach seinem Lissaboner Abenteuer wieder gesprochen hatte. Als der gegangen war, hatte er nachdenklich den Brief betrachtet. Sollte er Konrad Vogel gegenüber ein schlechtes Gewissen haben? Ihn mit einem Gutachten aus dem Schuldienst geholt zu haben, war eine gute Tat gewesen. Vogel hätte als Studienrat kein weiteres Jahr im Dienst überlebt. Dass er ihm den Jakobsweg schmackhaft gemacht hatte, mochte auch noch eine gute Tat gewesen sein. Aber wie kam der Kerl dann nach Granada?

Das lag ja völlig abseits des Weges, auf den er ihn geschickt hatte. Was Maya Romero betraf, hatte der Doc nicht unbedingt ein reines Gewissen. Sie war Vogels Freundin gewesen, hatte den Studienrat an den Rand von Wahnsinn und Selbstmord getrieben. Mondmann erinnerte sich noch gut daran, wie sie das erste Mal in der Klinik aufgetaucht war, um Vogel zu besuchen. Wie sie forsch mit ihrem kirschroten Minicooper vorgefahren war. Vom Fenster aus hatte er sie beobachtet. Das kastanienbraune Haar hatte in der Sonne einen Schimmer von Gold. Sie war groß, schlank, trug eine weiße, kurzärmelige Bluse über Stretch-Leggings mit Leopardenmuster. Die Füße steckten in orange und gelb schimmernden Stiefeletten. Schon da, beim allerersten Mal, hatte er eine besondere Attraktion gespürt. Das mochte ihn mit verleitet haben, Vogel den Kontakt zu dieser Frau auszureden. Therapeutisch war das vielleicht in Ordnung gewesen. Zweifelhaft aber war, dass er sich dann selber auf eine Affäre eingelassen hatte. Das warf ein schiefes Licht auf die Therapie. Aber Vogel hatte ihm manchmal so von Maya oder auch Crissy, wie er sie nannte, vorgeschwärmt, dass man nur neugierig werden konnte. Er erinnerte sich noch genau an das zweite Therapiegespräch mit Vogel. „So, Herr Vogel, jetzt haben Sie genug über Crissy geschimpft. Schließen Sie die Augen und sagen Sie ganz spontan, was Ihnen an ihr gefällt."

Da war es aus dem Studienrat herausgesprudelt: „Süß, floral, sehnsüchtig, schön, grazil, lustig, warm, groß, schlank, ästhetisch, beweglich, überraschend, duftend, verschmelzend, romantisch, empfindsam, sensibel, großzügig, mitfühlend, feminin, klug, sexy…"

Floral, duftend. Mondmann hatte wieder den Duft ihres Parfüms gespürt ‚La vie est belle'. Für einen Augenblick schnürte es ihm die Kehle zu, gab ihm einen seltsamen Stich in die Seite. Den Lissaboner Black Out konnte er nicht nur auf die Zigarette schieben. Der Verlust von Crissy hatte da auch mitgewirkt. Es war einfach alles zusammen gekommen, so dass er die Kontrolle verloren hatte. Er erinnerte sich auch wieder an jenen Abend im Aachener Domkeller, als sie zu ihm gesagt hatte: „Ich möchte, dass Sie malen. Mit bunter, heißer Schokolade auf meiner Haut. Blumen, Schmetterlinge. Was immer Sie wollen. Überall. Und dann genießen Sie es und lecken es ab. Ganz langsam, intensiv. Eine ganze Woche lang. In Lissabon. Wir fliegen dorthin, wohnen in einem Hotel am Tejo. Sie erleben den schönsten Oktober Ihres Lebens."

Das alles war jetzt ein Jahr her.

7

Auch nach einem Jahr ging Mondmann gelegentlich noch zu Amadou, um ein Stündchen zu trommeln. Es tat gut, ließ Sorgen vergessen, machte einfach Spaß.

Mit dem Senegalesen verband ihn schon so etwas wie Freundschaft. Vom ‚Sie' waren beide inzwischen zum 'Du' übergegangen. Der Senegalese war fast zwei Meter groß, lachte viel, wobei er den Kopf mit den Rastalocken hin und her schüttelte. Amadou hatte es als Fußballprofi bis in die zweite Liga geschafft, musste aber nach einem Kreuzbandriss seine Karriere beenden. Danach hatte er sich auf das Trommeln als Therapie verlegt, überraschende Heilungserfolge erzielt, die die Psychologen zum Staunen brachten. Brauchte der Psychotherapeut hundert Gesprächsstunden, um eine kleine Besserung zu erzielen, so schaffte Amadou mit zehn Trommelsitzungen eine komplette Heilung.

Nach dem Besuch von Suleiman Asbesi machte sich Mondmann auf den Weg zu Amadous Therapieraum. Trommeln wollte er nicht, sich aber den Koran besorgen. Den galt es zu studieren. Das hatte er bisher versäumt. Amadou war auch Moslem, aber von anderer Art als Asbesi. Mit seiner deutschen Frau verstand er sich gut. Jedenfalls waren dem Doc noch nie irgendwelche Klagen zu Ohren gekommen. Über Religion hatten sie bisher nicht gesprochen. Es war kein Thema gewesen. Amadou missionierte nicht. Was die Religion betraf, hatte er nur einmal bemerkt – da hatte der Doc den Jakobsweg erwähnt -, dass er seine Hadsch, die Pilgerreise nach Mekka noch vor sich habe.

Amadou hatte wohl gerade eine Sitzung beendet, war alleine in dem Raum.

„Hallo, Doc!" begrüßte er Mondmann. „Trommelstündchen?"

„Diesmal etwas anderes", entgegnete Mondmann. Du hast doch sicher den Koran. Ich möchte ihn einmal lesen."

„Den Koran? Was ist denn jetzt los?" fragte der Mann aus dem Senegal freundlich. „Willst du die Religion wechseln?"

„Nein. Möchte nur wissen, was da alles drinsteht." Er erzählte von seiner Begegnung mit Asbesi.

„Ja, so etwas steht schon drin", bemerkte Amadou. „Aber man wäre schön blöd, das hier zu verkünden. Vor allem nicht gegenüber der eigenen Frau. Dann läuft sie einem weg. Doc, wir machen das mit dem Koran so. Ich habe ihn ja nicht hier. Meine Frau und ich wollten dich lange schon mal zu einem Essen einladen. Wie wäre es mit morgen Abend?"

„Gerne. Was gibt es denn?"

„Poulet Yassa. Echt senegalesisch. Ein einfaches Rezept. Wenn du möchtest, können wir dann auch über den Koran sprechen. Er ist etwas schwierig, widersprüchlich. Ich gebe ihn dir mit. Dann liest du ihn selbst."

8

Die Gegend, in der Amadou wohnte, war kein Hit. Ein grauer, nichts sagender westlicher Vorort von Bonn, namens Duisdorf. Das Mietshaus, in dem der Senegalese mit seiner Frau wohnte, lag unmittelbar bei einem der Ministerien, die nicht nach Berlin umgezogen, sondern noch im Bonner Raum verblieben waren. Vor dem Haus gab es eine viel befahrene Straße, wo Busse und Lkw's vorbeidonnerten. Hinten lagen die Ministerien, die neuerdings ebenso viel Lärm produzierten.

„Sorry, Doc", entschuldigte sich Amadou. „Der Krach bei den Ministerien ist neu. Die haben Generatorenhäuschen errichtet, lassen die Maschinen immer wieder Probe laufen. Ein hässlicher Lärm. Scheußliche Vibrationen. Sie haben Angst vor Cyber-Angriffen. Angst, dass man sich ins Netz hackt und den Strom abschaltet. Deshalb machen Sie sich mit Generatoren unabhängig."

Amadou hatte sich für diesen Abend in die Nationaltracht geworfen. Er trug einen bis zum Boden reichenden Kaftan in den Farben des Senegals. Rot, Gelb und Grün. „Rot", erklärte er, „steht für unseren Unabhängigkeitskampf, für all das Blut der Kolonialzeit und steht zugleich auch für Sozialismus. Gelb steht für die blühende und an Bodenschätzen reiche Landschaft des Senegal und Grün, nun ja, Grün ist die Hoffnung auf eine gute Zukunft. Und es steht zugleich auch für eine friedliche Gemeinschaft unserer Religionen. Muslime, Christen und auch Animisten sollen sich vertragen."

Mondmann war überrascht, als ihm der Senegalese seine Frau vorstellte. „Meine Mamadou", sagte er grinsend. Sie reichte dem Zweimetermann kaum bis zur Brust, hatte im Gegensatz zu ihm eine rundliche Form. Bald stellte der Doc fest, dass sie herzlich und offen miteinander umgingen. „Poulet Yassa ist das einzige, was er kann", sagte sie. „Außer Trommeln und Fußball spielen. Und ein paar andere schöne Dinge auch noch", fügte sie lächelnd hinzu, als ihr Mann sie vorwurfsvoll ansah. Amadou winkte ab.

„Hör nicht hin, Doc. Das ist der pure Neid auf exotische Mahlzeiten. Sie tut immer so, als könnten wir im Senegal nichts anderes, als Hühner zuzubereiten. Sie selbst versteht sich nur auf Fischstäbchen."

„Ich darf mit in die Küche kommen?" fragte Mondmann. „Kochen ist Kunst. Ich lerne gerne etwas Neues hinzu."

„Komm!" forderte Amadou ihn auf. „Ich zeige dir, wie man bei uns Poulet Yassa macht."

Der Doc folgte ihm in die einfach eingerichtete Küche. Ein paar Einbauschränke, ein Gasherd mit Backofen, ein Kühlschrank, eine Arbeitsplatte neben der Spüle. Am Fenster, mit Blick auf die Ministerien, ein Esstisch mit vier Stühlen.

„Du hast nichts dagegen, Doc, wenn ich nicht unser Nationalgetränk serviere, nämlich Malventee, sondern einen schönen grauen Burgunder? Den Malventee nennen wir wegen seiner Farbe übrigens senegalesischen Rotwein."

„Gerne. Burgunder ist mir lieber als Malventee. Und jetzt möchte ich sehen, wie man dieses Poulet Yassa macht."

„Also", begann Amadou, während er dem Doc ein Glas Burgunder einschenkte:. „Ich habe schon etwas vorbereitet. Seit gut einer Stunde liegen die Hähnchenkeulen in einer Marinade aus Zitronensaft, Salz und Pfeffer. In einer zweiten Marinade aus ebenfalls Zitronensaft, Salz, Pfeffer, etwas Chili und Brühe liegen Zwiebelringe und zerstampfte Knoblauchzehen. Gleich werde ich die Hähnchenkeulen aus der Marinade nehmen, abtropfen lassen und dann in heißem Erdnussöl scharf anbraten. In demselben Öl werden dann die Zwiebeln mit Knoblauch angebraten und für etwa zehn Minuten gegart. Danach lege ich die Hähnchenkeulen wieder ein. Beide Marinaden werden zugegossen. Ich lasse die Keulen jetzt eine Stunde bei mittlerer Hitze schmoren. Danach werden sie auf einer großen Platte mit Reis serviert. Das ist alles. Ein einfaches Rezept. Nichts Besonderes. Außer mit Reis werden sie bei uns auch noch mit Hirse gereicht. Als Gemüsebeilage gibt es dieses Mal junge Karotten. Man könnte auch Maniok oder Okraschoten nehmen. Nun ja, und als Dessert gibt es Dege, einen süßen Pudding aus Couscous."

„Poulet Yassa ist also euer Nationalgericht?" fragte Mondmann.

„Nicht ganz. Wir haben noch viele andere Köstlichkeiten. Fischgerichte zum Beispiel. Ceebu Jen, Reis mit Fisch, ist sehr beliebt. Dann gibt es auch noch Gerichte mit Lamm- und Hammelfleisch, Rindfleisch auch. Nur Schwein wirst du bei uns vergeblich suchen. In der Mehrheit sind wir Senegalesen nämlich Moslems. Alkohol findet man deshalb meistens nur in Hotels. Aber Doc, inzwischen haben wir auch unsere eigene Bierbrauerei. Der kulturelle Einfluss der Franzosen ist immer noch präsent. Wir sind ja erst 1960 unabhängig geworden. Die senegalesische Küche hat sich in Westafrika übrigens am weitesten zum Ausland hin geöffnet. Neben dem französischen Einfluss findet man auch asiatische und libanesische Elemente."

„Erzähl mir von deiner Fußballkarriere", bat Mondmann.

Amadou winkte ab. „Da gibt es nichts Großartiges zu erzählen. Zwei Jahre beim MSV Duisburg. Eine Berufung in die National- mannschaft des Senegal. Beim ersten Spiel des Afrika-Cup kam der Kreuzbandriss. Ende."

„Du hast im Sturm gespielt?"

„Nein. Mittelfeld. Aber bei Freistößen und Eckbällen musste ich immer mit nach vorne. Wegen meiner Größe." Amadou grinste. „Bei 1.98 kann man das auch verstehen. Meine Mitspieler haben immer versucht, mir die Bälle auf den Kopf zu servieren. Hat oft genug auch geklappt und man nannte mich den afrikanischen Hrubesch, das afrikanische Kopfballungeheuer. Aber lassen wir nicht mehr vom Fußball sprechen. Da werde ich melancholisch."

Amadou goss sich aus einer Karaffe roten Malventee in ein Glas. „Auf einen schönen Abend, Doc", sagte er. „Jetzt bringe ich das Erdnussöl zum Glühen, und dann geht es los."

9

„Ausgezeichnet!" lobte Mondmann. „Zart, saftig, mild, nussig und dann dieses leichte Zitronenaroma. Bravo Amadou!"

„Ein ganz einfaches Gericht", gab sich der Senegalese bescheiden. „Der besondere Geschmack liegt nur am Erdnussöl und an der Zitronen- marinade."

„Darauf muss man erst mal kommen. Und mit Schweinefleisch macht ihr so etwas nicht?"

Amadou schüttelte den Kopf. „Nein. Die Mehrzahl der Bevölkerung, ich schätze 90 Prozent, sind wie gesagt Moslems. Da ist Schweinefleisch verboten. Aber die Christen bei uns werden wohl ab und zu ein Schwein schlachten."

„Laut Koran verboten?" fragte Mondmann nach.

„Ja. Schweinefleisch ist dem Propheten verhasst."

„Wie auch die Ungläubigen, habe ich einmal gehört?"

„Ja. Auch so etwas steht leider im Koran. Die Islamisten berufen sich darauf, bringen die friedfertigen Moslems damit in Verruf. Es ist ein Unglück, dass sie sich auf den Koran berufen können. So steht zum Beispiel in der vierten Sure: 'Und wenn sie sich abkehren - gemeint ist von der Religion Allahs -, dann ergreift sie und tötet sie, wo immer ihr sie findet.' Oder in der neunten: 'Tötet sie, Allah wird sie strafen durch eure Hände und macht sie zu Schanden und hilft euch gegen sie.' Es gibt einige Textstellen, die zur Tötung Ungläubiger, Andersgläubiger auffordern. Aber es wird auch sehr oft von der Barmherzigkeit geredet, gleich zu Anfang. Was die Islamisten unter Berufung auf den Koran machen, ist schlimm. Der ganze Nahe und Mittlere Osten steckt ja nur noch im Chaos. Da wird der Koran als Rechtfertigung für Terror missbraucht. Eure Politiker kennen den Koran offensichtlich nicht. Ihr lasst Hassprediger wie den Kalifen von Köln einfach weiter reden. Ihr lasst in eurem Demokratiewahn Sharia-Schulen zu und haltet euch dabei für multikulti und tolerant. Passt auf, dass ihr nicht eurem eigenen Untergang Tür und Tor öffnet."

„Lass gut sein!" wandte sich Amadous Frau an ihren Mann. An Mondmann gerichtet sagte sie entschuldigend: „Er regt sich bei dem Thema immer auf."

„Schon in Ordnung", meinte Mondmann. „Ist ja auch ein heißes Thema."

10

Am nächsten Morgen war Mondmann gerade auf dem Weg zu Amadou, um sich noch einmal für das leckere Essen zu bedanken. Er durchschritt den Gang hin zum Trommelraum, als ihn plötzlich ein Patient überholte, gefolgt von einer schimpfenden Frau. Die Frau fuchtelte mit einem Schirm, war flink, wieselflink, erheblich schneller als der arme Mann. Bald war sie dicht hinter ihm und hangelte mit dem Griff des Schirms nach seinem Fußgelenk. Beim zweiten Versuch war sie erfolgreich, hakte ein, der Mann stürzte, schlidderte ein paar Meter den Gang entlang. Mondmann erkannte ihn jetzt. Es war Philipp Riddelhoff, der erst vor ein paar Tagen Quartier im Haus gefunden hatte. Der Doc hatte sich bisher nur einmal kurz mit ihm unterhalten. „Meine Frau verprügelt mich", hatte Riddelhoff geklagt. „Sie hat früher Leichtathletik betrieben und Kickboxen. Sie stammt aus der Eifel, ist ein vitales Bauernmädchen. Ich komme nicht dagegen an. Es macht mich wahnsinnig. Ich brauche Ruhe und Hilfe."

„Erholen Sie sich hier", hatte Mondmann gesagt. „Hier geschieht Ihnen nichts."

Und jetzt war es anders gekommen. Riddelhoff lag im Gang auf dem Boden, hatte die Hände schützend über den Kopf gezogen, während seine Frau mit dem Schirm auf ihn einprügelte und schimpfte. „Lustmolch, Blöder! Was klaust du mir wieder dreißig Euro! Bloß um deinen Schwanz in dieser Bonner Fuge zu versenken! Dir werd' ich's geben!"

„Halt, halt!" ging Mondmann dazwischen. „Hier wird nicht geprügelt. Sie sind Frau Riddelhoff?"

„Ja. Richtig. Sie sollten besser auf diesen Kerl aufpassen. Er braucht eine Ausgangssperre. Er ist einfach wieder zu Hause aufgetaucht, hat mir dreißig Euro aus dem Portemonnaie gestohlen. Was er damit macht, weiß ich zur Genüge. Der Lustmolch."

„So? Was denn?" fragte Mondmann.

„Er rennt damit in den Puff, zu dieser Jenny. Das hat er schon hundert Mal gemacht und hört nicht auf damit. Wenn er es wenigstens selbst bezahlen würde! Aber nein, der Herr muss sich an meinem Portemonnaie bedienen."

Mondmann half Philipp Riddelhoff auf die Beine. Der Mann sah ängstlich zu seiner Frau. Aber der Doc hatte ihr den Schirm aus der Hand genommen und sagte: „Herr Riddelhoff, wir unterhalten uns später. Wenn Sie nichts dagegen haben, würde ich jetzt erst einmal ein Gespräch mit

Ihrer Frau führen. Einverstanden?" Riddelhoff nickte.

„Sie auch?" fragte Mondmann die Frau. „Sind Sie einverstanden damit?"

„Meinetwegen. Aber besser, Sie würden erst diesem Hallodri den Kopf waschen."

„Mit ihm kann ich später noch reden. Kommen Sie!"

In seinem Sprechzimmer bot er der Frau den Stuhl vor seinem Schreibtisch an, setzte sich ihr gegenüber. „So, so", begann er. „Ihr Mann bedient sich also aus Ihrem Portemonnaie und gibt das Geld bei einem Freudenmädchen aus. Richtig?"

„Ja, genau so ist es. Das hat er schon oft gemacht. Er hört nicht auf damit. Dabei muss er doch wissen, dass das Geld abgezählt ist. Ich bin doch nicht blöd."

„Es ist wohl eine Art Zwang", bemerkte der Doc und warf einen prüfenden Blick auf die Frau. „Er hätte so etwas doch gar nicht nötig", fuhr er fort. „Sie sind doch eine attraktive Frau im besten Alter. Warum will er sich auswärts bedienen?"

„Herr Doktor, ich bin 58 und habe keine Lust mehr auf diese dumme Hoppelei. Vor allem nicht mit Philipp. Er aber will jeden Morgen zwischen fünf und sieben. Das nervt. Da will ich schlafen. Und tagsüber versucht er auch immer, mich anzugrapschen. Aus dem Alter sind wir doch raus oder nicht?"

„Man kann auch mit neunzig noch Freude daran haben, Frau Riddelhoff."

„Mit neunzig! Das ist doch Totenschändung."

„Wie alt ist Ihr Mann?"

„62."

„Sehen Sie, das ist doch kein Alter. Da kann man durchaus noch Bedürfnisse haben. Was mich aber jetzt mehr interessiert: Wie lösen wir das Problem? Mit Prügelattacken geht das nicht."

„Keine Ahnung, Herr Doktor. Wenn er sein Vergnügen wenigstens selbst bezahlen würde."

„Dann wäre für Sie alles in Ordnung?"

„Nein, so ganz nicht. Der muss ja nicht zu dieser Jenny."

„Wohin denn dann?"

„Weiß ich auch nicht. Können Sie ihm nicht ein Mittel verschreiben, das den Trieb hemmt?"

„Gegen seinen Willen geht das nicht."

„Dann machen Sie es doch heimlich. Ich bezahle Sie dafür."

„Frau Riddelhoff, das habe ich überhört. Das wäre strafbar. Wie wäre es mit einem Mittelchen für Sie? Die Forschung ist heute so weit. Es gibt nicht nur Viagra für Männer."

„Werden Sie nicht unverschämt, Doktor", antwortete die Frau entrüstet. „Ich brauche so etwas nicht. Behalten Sie lieber den Hampelmann so lange wie möglich hier. Und verpassen Sie ihm eine Ausgangssperre, damit er mich nicht wieder beklaut. So, das war's. Unser Gespräch ist beendet."

Kaum hatte sie das gesagt, war sie vom Stuhl aufgesprungen. „Ach so, her mit dem Schirm! Das ist meiner. Hier wird nichts konfisziert."

Mondmann hatte den Schirm an die Schreibtischkante gelehnt. Die Frau riss ihn an sich und verließ grußlos den Raum. „Armer Riddelhoff", murmelte der Doc hinter ihr her.

Frauen, so war Mondmanns Erfahrung, konnten nicht nur verrückte Dinge tun, sondern auch recht aggressiv werden. Ein tragischer Fall war der des Heinrich Bär. Bär war 55 Jahre alt, seit zwei Wochen in der Anstalt. Er litt seiner Frau gegenüber an Schuldgefühlen, die ihn schier um den Verstand brachten und ihn hilflos machten, so dass er, sich die Hand vor den Mund haltend, ziellos durch die Gänge eilte, an jede Zimmertür klopfte, die Hand dann von den Lippen nahm und rief: „Was soll ich bloß tun?"

Bär litt an einer seltenen Krankheit, die nur fünfzig Mal auf der ganzen Welt vorkam. Es war die so genannte Schumannsche Anomalie, eine Verdauungskrankheit, bei der die Nahrung nicht in Stuhlgang umgewandelt wurde, sondern sich komplett als Gas verabschiedete. Der Doc hatte sich lange mit dem Patienten unterhalten.

„Ach, Herr Mondmann", hatte der geklagt. „Es ist ein Kreuz, ein Elend. Stellen Sie sich das so vor, dass man nachts nach hinten raus schnarcht. Es ist ein ununterbrochenes Geknalle und Gefurze. Im Sommer, abgesehen von der Lautstärke, geht es noch. Da kann man das Fenster aufmachen. Aber im Winter wird es schlimm. Meine Frau hat es tapfer ertragen. Manchmal nannte sie mich sogar zärtlich ihren ‚Bläser'. Aber einmal ist sie richtig böse geworden. Na ja, kann ich auch verstehen. Es ist wirklich schlimm. Nicht zumutbar. Aber wissen Sie, getrennt schlafen wollten wir auch nicht. Es wäre aber besser gewesen. Dann wäre das nicht passiert."

„Was denn? Was wäre nicht passiert?"

„Ach, Herr Doktor, als ich wieder einmal nachts so schnarche, da hat meine Frau die Bettdecke zurückgeschlagen, ein Feuerzeug genommen und diese, na ja, diese Gase angezündet. Es gab einen Knall, die Explosion war nicht nur draußen, ich meine außerhalb des Körpers, sondern schlug ins Gedärm hinein. Es hat mir einen Teil des Darms weggerissen. Ich habe geschrien. Meine Frau war sehr erschrocken und hat den Notarzt alarmiert. Ich bin dann sofort operiert worden und dem Tod gerade mal so eben von der Schüppe gesprungen. Aber dann kommt das Drama. Der Arzt will wissen, wie das passieren konnte. Ich sage: Meine Frau hat mich angezündet. ‚Das muss ich zur Anzeige bringen', sagt der Arzt. ‚Das darf ich nicht verschweigen.' Nun ja, so kam es dann, dass meine Frau wegen Mordversuch angeklagt wurde. Der Richter hat es dann in einen fahrlässigen Tötungsversuch umgewandelt und sie milde bestraft. 18 Monate auf Bewährung. Aber schuld bin eigentlich ich. Ich war ja der Anlass zu ihrer Tat. Die Gewissensbisse machen mich verrückt."

„Haben Sie es einmal mit Umstellung der Nahrung versucht?" fragte Mondmann.

„Alles versucht. Ich habe hundert Ärzte konsultiert. Vergebens. Egal, was ich esse, es ist immer dasselbe Drama. Ich produziere Methan und Schwefelwasserstoff. Ununterbrochen. Ein mittelgroßes Schnitzel ergibt über hundert Liter Gas. Da können Sie sich vorstellen, dass ich den ganzen Tag und die ganze Nacht blase. Der einzige Ausweg wäre für mich das Verhungern."

„Ja, schwierig, Herr Bär. Ein Dilemma. Aber befreien Sie sich von dem schlechten Gewissen. Vergeben Sie sich und Ihrer Frau. Ein kleiner Tipp von mir. Machen Sie sich zu Sylvester einen Spaß aus der Krankheit. Setzen Sie sich zusammen in eine Badewanne. Was dann als Blasen aus dem Wasser steigt, kann man getrost anzünden. Da kann Ihnen nichts passieren. Erfreuen Sie sich an dem Feuerwerk."

„Meinen Sie das ernst, Herr Doktor?"

„Selbstverständlich. Spielen Sie mit Ihrer Krankheit. Dann ist sie leichter zu ertragen. Oder gönnen Sie sich einen wirtschaftlichen Gewinn."

„Wirtschaftlichen Gewinn? Wie denn?"

„Mit einer kleinen, privaten Biogasanlage."

12

Man mochte darüber spekulieren, welche Welt verrückter war. Die da draußen oder die in der Anstalt. Der Doc jedenfalls kam zu dem Ergebnis, dass die Welt in seinem Haus erheblich normaler und vor allem friedlicher war. Da rannte niemand wie in Paris mit der Kalaschnikov herum oder trug einen Sprengstoffgürtel unter dem Jackett. Da hatte man keine Angst wegen abgestellter Gepäckstücke. Da patroullierte keine Polizei und kein Militär. Da konnte man sich zum Spielen versammeln, ohne misstrauisch um sich zu schauen. Da gab es keine Personen- und Gepäckdurchleuchtung, wenn man einen neuen Raum betrat. Auf den Zimmern seiner Patienten oder auch Gäste, wie er sie nannte, hatte

Mondmann die Fernsehapparate abgeschafft. Stündlich mit Nachrichten eingedeckt zu werden, machte depressiv. Überall auf der Welt wurde kontrolliert, gebombt, misstraut. Neue, geheimnisvolle Viren breiteten sich aus und machten Angst. Und dass auch das Klima aus den Fugen war und sich die Unwetter häuften, gehörte inzwischen zur Normalität.

In der Anstalt jedenfalls ging es friedlich zu. Ja, es wurde sogar ein gewisser Glückslevel erreicht. Kaplan ging in seinen linguistischen Forschungen auf, vergaß sich selbst und seine ihm davon gelaufene Frau. Donrath, der Meteoritenjäger, strahlte über das ganze Gesicht, wenn er abends mit einem Säckchen Steine heimkehrte. Und auch Riddelhoff, dem seine Frau mit dem Schirm nachgestellt hatte, kam zur Ruhe. Mondmann hatte ihm zu einer Therapie mit Mönchskraut geraten, das einen überstarken Trieb dämpfen würde. Riddelhoff war darauf eingegangen, erfreute sich jetzt hauptsächlich mit Poolbillard und Snooker. Die meisten Männer waren einfach glücklich und zufrieden, besuchten Amadous Trommelkurse, sangen und komponierten im Karaokeraum, bolzten draußen auf dem Fußballplatz oder machten es sich gemütlich bei ein paar Runden Skat. Der Tagesablauf hatte auch eine gewisse stärkende und stabilisierende Struktur. Um neun Uhr morgens war Wecken. Um halb zehn gab es in der Kantine ein leckeres Frühstücksbuffet, um ein Uhr mittags lagen die Speisekarten auf den Tischen und man konnte zwischen drei internationalen Gerichten wählen. Um sieben gab es Abendessen, wiederum ein reichhaltiges Buffet. Wer wollte, und das hatte Mondmann neu eingeführt, konnte auch ein Fläschchen Bier dazu genießen. Ansonsten war Alkohol im Haus tabu. Kontrollen jedoch gab es nicht, so dass sich mancher Schluckspecht bei seinem Freigang im Supermarkt oder am Kiosk bedienen konnte. Aber bis auf wenige Ausnahmen hatte es da nie irgendwelche Entgleisungen oder Vorfälle gegeben. Die Männer waren einfach zufrieden und mussten keine Sorgen mehr ertränken.

Einer, der besonders zufrieden war, war Moritz Hellmer. Täglich kam er für ein Viertelstündchen mit strahlendem Gesicht zu Mondmann und berichtete. Dabei hatte er eine Trillerpfeife umhängen, trug eine rote Bundesbahnmütze und hatte eine Signalkelle in der Hand. „Gestern keine Minute Verspätung, Doktor!" berichtete er voller Stolz. „Auf keiner Strecke. Selbst nicht zwischen Köln und Bonn. Ich musste über Lautsprecher nicht eine einzige Ansage machen, wie sie sonst bei der Bahn üblich ist. ‚Grund für unsere Verspätung ist eine Verzögerung im Betriebsablauf. Wir bitten um Verständnis.' Doktor, nicht eine einzige Ansage. Die Bahn schreibt wieder schwarze Zahlen."

„Schön", kommentierte Mondmann. „Da kann ich ja künftig mein Auto in der Garage lassen und mich Ihrem Unternehmen anvertrauen. Die Bundesbahn kennt keinen Stau. Die Zustände auf den Autobahnen werden ja immer schlimmer."

Hellmer hatte ein böses Trauma hinter sich. Weil die Bahn die Personaldecke mehr und mehr reduzierte, um höhere Profite einzufahren, war Hellmer als Lokomotivführer im Dauereinsatz. Der

Krug geht so lange zum Brunnen, bis er bricht, lautet eine schöne Redewendung. Bei Hellmer war es irgendwann so weit. Burn Out, Überlastung. Moritz Hellmer wusste nicht mehr, wo ihm der Kopf stand. Er hatte seinen IC einfach zwischen Bonn und Koblenz angehalten, stehen gelassen, war aus dem Führerhaus geklettert und über eine Wiese davon gelaufen. In Mülheim-Kärlich war er dann in einem Gasthaus gelandet, hatte sich betrunken, war an der Theke eingeschlafen. Das war das Ende seiner Karriere bei der Deutschen Bahn. Aber so ganz konnte sich Hellmer nicht trennen von Lokomotiven, Gleisen und Bahnhöfen. Auf seinen Freigängen hatte er sich eine Märklinbahn besorgt, ebenfalls auch die Ausrüstung mit Mütze, Pfeife und Kelle, hatte die Anlage auf dem Boden seiner Stube aufgebaut, im Laufe der Zeit erweitert, so dass bis auf das Bett kein Platz mehr da war. Da spielte er dann den ganzen Tag, tüftelte Fahrpläne aus, ließ die Züge fahren und machte über eine kleine Lautsprecheranlage die Durchsagen für die Bahnsteige. „Bitte Vorsicht bei der Einfahrt des IC 1253 von Bonn nach Basel. Abfahrt wie geplant um 11.25 Uhr. Die Wagen erster Klasse finden sich im Abschnitt A, das Bistro finden Sie im Abschnitt B. Wir wünschen Ihnen eine gute Fahrt." Und wenn dann die Märklinbahn im Zimmer ihre Schleifen drehte, spielte Hellmer den Zugbegleiter. „Wir begrüßen Sie im Namen der Deutschen Bahn im IC 1253 nach Basel. Wir werden alle Bahnhöfe pünktlich erreichen. In unserem Bistro, in der Mitte des Zuges, finden Sie eine reichhaltige Auswahl an Gerichten und Getränken. Heute empfehlen wir besonders unseren roten Dornfelder."

Mondmann versuchte nicht, Hellmer wieder zurück zur so genannten Realität zu führen. Der Mann war einfach glücklich und zufrieden, genoss das Reich der Eisenbahn, in dem er eine hohe Verantwortung übernommen hatte und mit gelungenem Management Regie führte. Wozu, dachte sich der Doc, soll ich ihm sein Glück rauben und ihn in eine Realität zurückführen, in der der Wahnsinn tobt? Bei der Deutschen Bahn kann er nicht mehr arbeiten. Bei Märklin ist er Chef. Lassen wir es so.

13

Nicht alle in der Mondmannschen Anstalt hatten einen Dachschaden oder im Leben die Balance verloren, so dass sie dem so genannten normalen Leben entglitten und auffällig geworden waren. Dass man sich in dem Haus auf dem Venusberg erholen konnte, hatte sich inzwischen weit über Bonn hinaus herumgesprochen. So mancher Rentner, der unter Einsamkeit litt, hatte versucht, sich einweisen zu lassen, um endlich wieder Freude und Gemeinschaft zu haben. Die Einsamkeit war nämlich das Schlimmste, was einem gesellschaftlich zustoßen konnte. Die Einsamkeit war tödlich und sie nahm in der Gesellschaft immer mehr zu und betraf insbesondere ältere Rentner, die zudem auch noch knapp bei Kasse waren, weil man ihnen durch die Umstellung von DMark auf Euro die sowieso schon knappe Rente halbiert hatte. Man hatte ihnen vorgeschwärmt von der gemeinsamen europäischen Kultur, der brüderlichen oder schwesterlichen Einheit der Staaten, der fairen Umwandlung von der Mark in den Euro. Alles war gelogen. Schon bald waren Mark und Euro gleich viel wert und bald auch hatten sich die Preise verdoppelt, verdreifacht, vervierfacht. Und bald auch bröckelte Europa auseinander, war zerstritten, uneinig. Grenzen wurden neu aufgebaut, Zäune gezogen, Flüchtlinge hin und her geschoben, auf eine faire Verteilungsquote konnte man sich nicht einigen. Dazu klaffte die Schere zwischen Arm und Reich brutaler denn je. Die Griechen schimpften auf die Deutschen, die Deutschen auf die Griechen. Die portugiesische Jugend wanderte nach Angola aus, um dort Arbeit zu finden. Spanien und Italien kamen in wirtschaftliche Bedrängnis. Die Armut nahm überall zu. Auch in Deutschland konnte man immer mehr ältere Menschen beobachten, die Flaschen sammelten, um sich von dem Pfand ein Zubrot zu verdienen. Das soziale Leben wurde kälter, hektischer, egoistischer. Die Einsamkeit ab 65 wurde zur Normalität. Die Fälle häuften sich, wo sich ein Rentner sagte: „Lieber ins Gefängnis, als hier einsam aus dem Fenster zu gucken!" Und dann wurde mit einer Spielzeugpistole eine Bank überfallen, man fuhr notorisch schwarz oder zeigte sich im Park einer Frau unsittlich. Andere aber waren so clever und sagten sich: „Da gehen wir lieber zu Mondmann."

Einer von ihnen war der Rentner Alfons Haag. Haag hatte während der Messe eine Kirche betreten. Mit Badehose, Badekappe und einer mit Rotwein gefüllten Wasserpistole war er mit einem

Brotkorb die Bänke entlang gelaufen, hatte mit der Pistole gefuchtelt und gerufen: „Geld her! Ich möchte mich auch wieder anständig anziehen."

Zuerst waren die Leute erschrocken. Ein altes Mütterchen hatte Haag sogar einen Fünfeuroschein in den Korb gelegt. Aber als der Rentner dann mit Rotwein in die Luft schoss, riefen einige: „Der hat sie nicht mehr alle! Ruft die Polizei." Die kam auch fünf Minuten später und führte Haag ab. Zuerst in die geschlossene Anstalt, dann nach einer Woche, als der Pfarrer sich mit christlicher Barmherzigkeit einschaltete, in die offene zu Mondmann. Jetzt spielte Haag Snooker, komponierte Songs für den Karaokeraum, war im geselligen Leben des Hauses wieder zu voller Tatkraft erblüht. Einmal die Woche kam er auch zu Mondmann, um mit ihm zu reden. Der Doc ließ ihn gewähren, gab ihm aber zu verstehen: „Eigentlich brauchen Sie hier keine therapeutischen Gespräche. Ist doch alles in Ordnung mit Ihnen."

„Ich möchte aber bleiben", hatte Haag gesagt. „Und nicht nach vier Wochen wieder raus."

„Keine Bange", sagte der Doc. „Ich schreibe in meinem Gutachten, dass Sie draußen hochgradig gefährdet sind. Bleiben Sie, so lange Sie wollen."

Ein besonderer Fall von Flucht aus der Außenwelt war Theodor Manteuffel. Der war ein hoch dotierter und bekannter Manager eines ebenso bekannten Bonner Konzerns und hatte mit 52 Jahren von dem ganzen Stress einfach die Schnauze voll. Er hatte von dem Haus auf dem Venusberg gehört, Mondmann um eine Audienz gebeten und gesagt: „Bitte nehmen Sie mich hier auf. Ich zahle alles privat. Das geht ohne Aufsehen und Krankenkasse."

„Wie lange wollen Sie bleiben?"

„Mindestens drei Monate."

„Und danach?"

„Weiß ich noch nicht. Ich werde mich neu orientieren. Am liebsten würde ich wie Goethe eine Reise inkognito machen, mich unter einem Pseudonym als Maler in Rom einquartieren, süße Italienerinnen kennen lernen, ein einfaches Zimmer haben, ein Kopfkissen, ein knarrendes Bett. Lauschige Nächte, Rotwein, schwarze Haare. Vielleicht aber kaufe ich einen Weinberg, werde Winzer. Das war schon immer mein Traum."

„Und Ihre Familie?"

„Habe keine mehr. Das ist ja durch die Arbeit alles den Bach runter gegangen."

„Was ist mit therapeutischen Gesprächen?" hatte Mondmann gefragt. „Einmal die Woche?"

Manteuffel hatte mit den Achseln gezuckt. „Weiß nicht. Vielleicht. Erst aber mal nicht. Ich möchte spielen. Das kann man ja, wie ich gehört habe, hier in Ihrem Haus. Was gibt es denn alles?"

„Also", zählte Mondmann auf. „Kartenspiele wie Skat, Doppelkopf, Rommé. Mau-Mau im Prinzip auch. Aber das spielt hier keiner. Pokern mit geringen Einsätzen ist erlaubt. Brettspiele haben wir auch. Schach ist am beliebtesten. Monopoly allerdings spielt hier niemand. Das ähnelt zu sehr der Welt da draußen. Sehr beliebt sind Poolbillard und Snooker. Na ja, und dann haben wir natürlich noch den richtigen Sport. Sie können draußen Fußball spielen. Wir haben sogar eine Art Thekenmannschaft und messen uns mit anderen Anstalten, ich meine mit anderen Häusern.

Weiter haben wir noch einen kreativen Bereich. Sie können Karaoke singen oder auch einen Trommelkurs belegen. Unser Therapeut, Amadou aus dem Senegal, ist ein Meister seines Fachs. Sie können bei ihm auch ein anderes Instrument lernen wie zum Beispiel Gitarre. Und dann, lieber Herr Manteuffel, haben wir noch eine sportliche Delikatesse. Ein Trainer, ein ehemaliger Sportlehrer eines Bonner Gymnasiums, bereitet auf den Kölner Triathlon vor. 500 Meter schwimmen, 5000 Meter laufen, 20 Kilometer mit dem Rad fahren. Sie kennen ja das alte lateinische Motto: ‚Mens sana in corpore sano'. Darauf lege ich besonderen Wert. Ach ja, und dann noch: Ich empfehle den Jakobsweg. Das ist auch eine Art Sport. Oder meinetwegen auch ein geistiges oder auch geistliches Abenteuer. Je nachdem, ob Sie geistig oder geistlich eingestellt sind. Den Unterschied muss ich Ihnen ja nicht erklären. So, und wenn Sie selbst irgendwelche Anregungen für neue Spiele haben: Wir sind offen dafür. Hier dürfen Sie Ihre Kindheit nachholen oder neu entdecken. Übrigens haben wir auch eine kleine, gemütliche Bibliothek, falls Sie einmal die Stille suchen. Und was das Rauchen betrifft, das ist hier erlaubt. Die Männer haben darüber abgestimmt. Niemand hat etwas dagegen. Wir sind hier nicht so verrückt wie die da draußen."

„Und was ist", Manteuffel räusperte sich verlegen, „wenn man mal sexuelle Bedürfnisse hat? Sie verstehen?"

„Dann widmen Sie sich verstärkt dem 5000 Meter-Lauf. Außerdem haben Sie hier Freigang. Wir sind eine Anstalt mit, wenn ich so sagen darf, offenem Vollzug. Besuchen Sie eine Freundin, wenn Sie eine haben. Die meisten Männer hier verlassen das Haus allerdings nicht. Die haben von Frauen die Nase voll und wollen erst wieder zur Ruhe kommen. Sie haben schon mal von meinem Gesetz gehört?"

„Nein. Was für ein Gesetz?"

„Hinter jedem gescheiterten Mann steht eine Verrückte. Also spielen Sie, treiben Sie Sport, erholen Sie sich!"

14

Der Koran war der Lobpreis Gottes, des Allerbarmers. „Ein schönes Buch", dachte Mondmann. „Voller Poesie." Er las weiter in der deutschen Übersetzung, die ihm Amadou mitgegeben hatte. Oft wurde die Barmherzigkeit Gottes gepriesen. Aber oft wachte auch ein strenger und abrechnender Gott. Und mehr noch. In Sure vier wurde zum Kampf aufgerufen, zur Tötung Andersgläubiger. Es war so, wie der Senegalese es zitiert hatte. Man sollte bei dem Kampf gegen die Ungläubigen keine Angst vor dem Tod haben, da der Nutzen des Diesseits gering sei. Es gab einige dieser Stellen im Koran. Barmherzigkeit und der Aufruf zur Tötung. Das widersprach sich. War Gott so eitel, dass er den Beifall aller brauchte? Oder waren diese Stellen, die zur Tötung aufriefen, nicht vielmehr ein von Menschen erfundenes ideologisches Instrument, um Macht auszuüben, sich auszubreiten und Kalifate zu errichten? Der Koran war alttestamentarisch. Im Gegensatz dazu war das

Christentum mit dem Neuen Testament eine sanfte, liebevollere Religion. Das Neue Testament war versöhnlicher. In der Welt gab es auch keine Kriege mehr im Namen des Christentums. Wohl aber im Namen des Islam.

„Wo stehe ich selbst?" fragte sich der Doc. „Dem Papier nach, dem Taufschein nach im Christentum. In der Praxis aber nirgendwo. Ich zahle Kirchensteuer, gehe aber nicht in die Kirche. Nur manchmal gehe ich in die Kirche, um die Stille zu suchen, irgend etwas Verlorenes. Ich liebe vor allem die romanischen Kirchen mit ihren harmonischen Bögen, während mir die spitze Gotik nicht geheuer ist. Nein, Messen besuche ich nicht, habe auch keine Ahnung von der Liturgie. Aber manchmal stecke ich beim Betreten einer Kirche verschämt die Hand ins Weihwasserbecken, bekreuzige mich und zünde vor einem Marienaltar eine Kerze an. Ich weiß nicht, ob das Aberglaube ist. Ich weiß überhaupt nicht, ob ich irgend etwas glaube. Was ist das überhaupt? Glaube. Etwas Irrationales? Eine irrationale Liebe, die man nicht erklären kann? Ist es einfach nur die wunderbare Gewissheit des Gefühls? Kann man sich so etwas erarbeiten? Nein. Wie denn? Man kann sich nur immer weiter von diesem Gefühl entfernen, wenn man nach den westlichen, nur materiell orientierten Werten lebt, sich ihnen anpasst, sich ihnen unterwirft. Dann entfernt man sich vom Glauben. Von Amadou habe ich nicht nur den Koran mitgenommen. Dieser Kerl hat eine kleine Bibliothek. Hätte ich einem Fußballer nie zugetraut. Ich habe noch ein Buch mitgenommen. Es heißt: „Gott oder nichts!" Es ist von einem Kardinal aus

Guinea, das der Nachbarstaat des Senegal ist. Gott oder nichts. Was für eine beunruhigende Alternative! Aber stimmt sie etwa nicht? Wenn es keinen Gott gibt, ist mit dem Tod alles vorbei. Der Tod kommt gewiss. Und wenn dann alles vorbei ist, ist letztlich auch alles egal. Oder nicht? Gott oder nichts. Das beunruhigt mich mehr als jene Episode mit Maya."

15

Das Haus auf dem Bonner Venusberg betrat man ebenerdig, musste vom Parkplatz keine Stufen hochsteigen. Die Tür öffnete sich tagsüber bei Annäherung automatisch, gab den Blick frei in ein helles Foyer mit Pförtnerloge. Man ging an der Loge des Pförtners vorbei, betrat einen Gang. Von da führte eine Treppe in den ersten Stock, wo die Zimmer für die Patienten beziehungsweise die verehrten Gäste des Hauses waren. Ebenerdig lagen Sekretariat und Mondmanns Sprechzimmer. Weiter die Küche mit einer gemütlichen Kantine und die verschiedenen Therapie- und Spielzimmer. Der Skat- oder Doppelkopfraum, ein kleineres Zimmer mit zwei Tischen und aufgebauten Schachbrettern, ein großer, ausladender Raum mit Snooker- und Poolbillardtisch, zwei schallgedämpfte Räume für Karaoke und Trommeltherapie. Dann gab es noch einen Gesellschaftsraum mit einer großen Leinwand, wo man zweimal die Woche einen Spielfilm sehen konnte oder auch samstags die Sportschau oder, wenn es

Champions League gab, diese Spiele. Auf den Zimmern seiner Gäste hatte Mondmann keine Fernsehgeräte erlaubt. Das Trommelfeuer der Nachrichten, das stündliche Stakkato der Krisen führte zu Verstimmungen und Depressionen. Alle Räume waren übrigens mit Kaffeemaschinen und Kühlschränken ausgestattet. Auf Gemütlichkeit und Wohlbefinden hatte der Doc besonderen Wert gelegt. Was sich auch auszahlte, da das Haus dauerbelegt war und laut Warteliste sogar Anfragen aus arabischen Ländern hatte. Die einzelnen Räume erreichte man über einen Gang, an dessen Ende eine weitere Tür nach draußen zu einem Freigelände mit Fußballplatz und Gartenlauben führte. Diese Lauben waren im Sommer sehr beliebt. An lauschigen Abenden gestattete Mondmann, dass zweimal pro Woche zu Grillwürsten ein Fässchen Pils oder Kölsch geöffnet wurde. Verhungern tat in der Klinik niemand. Es kam sogar eher vor, dass jemand, der mit achtzig Kilo kam, mit neunzig wieder entlassen wurde.

Es war Anfang Dezember, als Mondmann das Foyer inspizierte, dort mit prüfendem Blick umher wanderte und den Tisch in der Sesselecke gegenüber der Pförtnerloge ausmaß.

„Zu klein?" fragte der Pförtner, der ihm zusah. „Es gibt einen neuen?"

„Nein, nein", antwortete der Doc. „Die Fläche ist groß genug. Ich werde sie etwas schmücken."

„Blumen?"

„Warten Sie's ab!"

Mit diesen Worten begab sich Mondmann nach draußen zum Parkplatz, stieg in seinen Wagen und fuhr in die Bonner Innenstadt. Der Doc besuchte den Weihnachtsmarkt, besichtigte die einzelnen Buden, blieb bei einer länger stehen und verhandelte.

„Zweihundert Euro? Nein! Ich gebe Ihnen hundert."

„Hundertachtzig."

„Nein, hundert. Da verdienen Sie noch genug."

„Hundertfünfzig."

Sie wurden bei hundertzwanzig einig. Der Händler wickelte die einzelnen Teile in Zeitungspapier, packte alles in eine große Tragetasche, während der Doc sich weiter auf den Tischen des Standes umsah. Er nahm eine Walnussschale mit winzigen Figuren in die Hand, betrachtete sie prüfend, nickte. „Hübsch, sehr sinnvoll. Was kostet eine Walnussschale?"

„Zwei Euro."

„Wenn ich fünfzig nehme?"

„Einsachtzig."

„Nein, nein. Die Figuren sind ja nicht aus teurem Elfenbein. Das sieht zwar so aus, ist aber Plastik."

„Aber künstlerisch wunderbar gemacht. Wie handgeschnitzt. Sehen Sie genauer hin! Richtig liebevoll. Bei den Miniaturen erkennen Sie sogar noch die Gesichtszüge. Und der Stern oben. Einfach genial."

„Fünfundsiebzig Euro für fünfzig Stück. Mein letztes Wort."

„Okay. Sie machen mich heute arm. Aber weil Sie es sind. Fünfzig Stück für 75 Euro. Macht alles zusammen 200 Euro."

„195", korrigierte Mondmann.

„Das Verpackungsmaterial."

„Wenn Sie sich weiter so anstellen, gehe ich", drohte der Doc.

„Ist ja schon gut. 195 Euro. Viel Freude mit allem. Für die kleinen Kunstwerke bekommen Sie sogar noch eine Tragetasche aus Stoff. Umweltfreundlich."

Auf dem Venusberg angekommen, betrat der Doc mit der Tragetasche das Foyer, begab sich zu dem Tisch. Er wickelte einen kleinen Stall aus Holz aus dem Zeitungspapier, platzierte ihn mitten auf dem Tisch. Es folgten eine Reihe bunter Figuren, die er auspackte und in den Stall stellte. Die Krippe mit dem Jesuskind, Josef und Maria. Dahinter die heiligen drei Könige und hinter diesen einen lächelnden Engel mit ausgebreiteten Flügeln. Zum Schluss kam noch ein sinnig blickender Esel dazu. Mondmann trat ein paar Meter zurück, betrachtete alles, war zufrieden. Der Pförtner saß nicht mehr in seiner Loge. Er stand am geöffneten Fensterchen, sah zu.

„Das haben wir ja noch nie gehabt", meinte er. „Ist aber hübsch. Jetzt ist das Foyer nicht mehr so kahl. Wie sind Sie denn auf diese Idee gekommen?"

„Weiß ich auch nicht", antwortete Mondmann. „Mir war einfach danach. Ich habe noch etwas Spezielles für Sie. Ein vorweihnachtliches Geschenk."

Der Doc griff in die Stofftasche, kam mit einer Walnussschale in der Hand hervor. „Eine Minikrippe. Ein Kunstwerk. Bei den Figürchen können Sie sogar noch die Gesichtszüge erkennen. Und oben der Stern von Betlehem."

Der Pförtner hatte die Stirn in Falten gelegt, drehte die Walnussschale in der Hand, betrachtete die Figuren. Jesus in der Krippe, Josef und Maria. Darüber am Schalenrand wie ein Komet der Stern von Betlehem.

„Hübsch. Sehr hübsch", sagte er schließlich. „In diesem Haus erlebt man ja Sachen. Aber danke, Herr Doktor Mondmann."

16

Eugen Mondmann hatte sich auch selbst eine Walnussschale auf den Schreibtisch gestellt. Er betrachtete das kleine Kunstwerk mit den Figürchen innen drin und dem Stern darüber. War es nicht ein Sinnbild der menschlichen Existenz? Nackt und armselig kam man zur Welt. Und nach einer Weile ging man wieder. In diesem Fall gekreuzigt. Wurde nicht jeder gekreuzigt durch den Tod? Der Stern oben am Rand der Nussschale, die wie eine Höhle wirkte! Hatte er nicht etwas Rührendes, Tröstendes, Hoffnung Gebendes? Es klopfte. Frau Gabriel kam durch die Seitentür herein.

„Herr Dr. Mondmann, der Hellmer hat abgesagt. Er muss überraschend als Zugbegleiter für eine Fahrt nach Mailand einspringen. Er lässt fragen, ob es morgen um die gleiche Zeit geht."

„Hellmer? Mailand? Ach so, ja. Der mit der Märklin-Bahn. Geht in Ordnung."

„Werde ich ihm ausrichten." Frau Gabriel drehte sich um, wollte wieder zur Tür gehen, als Mondmann rief: „Augenblick. Ich habe noch etwas für Sie."

„Ja? Was denn?"

Der Doc stand auf, ging zu ihr hin, überreichte ihr eine Krippe in der Walnussschale. „Es geht ja auf Weihnachten zu", bemerkte er. „Da schadet ein bisschen Vorfreude nicht."

„Ach. Das hat es ja noch nie gegeben", meinte die Sekretärin überrascht. Sie betrachtete das kleine Kunstwerk, führte es näher an die Augen. „Sehr hübsch", sagte sie. „Man kann sogar die Gesichtszüge bei den Figürchen erkennen."

Sie ließ die Hand mit der Krippe sinken, warf einen prüfenden Blick auf Mondmann. „Sind Sie auf einmal fromm geworden, Herr Doktor?" fragte sie.

„Möglich", antwortete Mondmann lakonisch und fügte hinzu: „Weiß ich doch selber nicht. Ist einfach nur ein kleines Geschenk. Zu Ostern wären es bunte Eier gewesen."

„Danke jedenfalls", sagte Hildegard Gabriel. „Ich werde es in Ehren halten. Einen Kaffee, Doc?"

„Ja, bitte."

Als er nach ein paar Minuten eine Tasse Kaffee vor sich stehen hatte, klopfte es an der Tür, die nach draußen auf den Gang führte. Mondmann sah auf die Uhr. Eigentlich hatte er jetzt keinen Termin, keine Sprechstunde. Er stand auf, ging zur Tür, öffnete sie. Auf dem Gang stand Suleiman Asbesi.

„Allahu Akbar! Ich möchte Sie gerne kurz sprechen, Herr Doktor", sagte er. „Geht das?"

„Grüß Gott, Herr Asbesi. Aber nur ein paar Minuten. Ich gehe gleich zum Trommeln. Kommen Sie herein! Augenblick! Wir machen das jetzt nicht rückwärts, sondern versuchen es einmal mit Schritten seitwärts. Ich führe Sie."

Mondmann griff Asbesi am Ärmel. „So, Schrittchen für Schrittchen auf meinen Schreibtisch zu. Jawohl, geht doch. Sehen Sie, jetzt sind wir schon um 90 Grad besser geworden. Noch einmal 90 Grad, dann sind wir wieder geradeaus."

Sie hatten den Stuhl vor dem Schreibtisch erreicht. Suleiman Asbesi setzte sich.

„Herr Doktor", begann er. „Ich war gerade im Foyer. Da steht jetzt eine Weihnachtskrippe."

„Ja, ich weiß. Die steht da. Und?"

„Sind Sie nicht zur Neutralität verpflichtet? Muss sich Ihr Haus nicht eines religiösen Bekenntnisses enthalten?"

„Neutralität? Enthalten? Warum das denn? Wie kommen Sie auf diesen Unfug?"

„In der Klasse meines Sohnes wurde das Kreuz abgehängt. Darauf hatte ich bei einem Elternabend gedrängt."

„Und das hat der Lehrer dann gemacht."

„Ja. Der Direktor hat es befohlen. Es gab dazu ein richtungsweisendes Urteil."

„So, so. Und jetzt wollen Sie, dass die Krippe entfernt wird?"

„Das wäre mir nicht unlieb. Es würde den Religionsfrieden erhalten."

„Die drei Weisen aus dem Morgenland darf ich aber stehen lassen?" fragte Mondmann spöttisch. „Besonders den Schwarzen. Sonst wäre nämlich unser Trommelmeister beleidigt."

„Die drei Könige wollen Sie stehen lassen?"

„Sicher. Das sind ursprünglich Araber. Den Esel mit Ihrer Erlaubnis auch."

„Herr Dr. Mondmann, Sie nehmen mich nicht ernst."

„Doch, doch. Aber bevor wir uns hier über Religionsfrieden weiter unterhalten, streichen Sie bitte alle aggressiven Stellen aus dem Koran. Solange das nicht geschehen ist, gilt hier das neue Testament und damit auch die Weihnachtszeit. Und jetzt entschuldigen Sie mich bitte. Ich muss zum Trommeln."

17

„Danke, Doc!" sagte Amadou und betrachtete die Krippe in der Walnussschale. „Sie wissen ja, ich bin Moslem. Aber ich freue mich trotzdem."

„Ich freue mich auch. So etwas habe ich die dreißig Jahre zuvor nie gemacht. Aber jetzt auf einmal, durch die Begegnung mit dem Islam, kommt mir so etwas in den Sinn. Vielleicht braucht das Christentum, um wieder wach zu werden, den Islam."

Mondmann erzählte von seiner Begegnung mit Suleiman Asbesi. „Ja", bemerkte Amadou, „es gibt solche und solche. Tolerante, Intolerante und dann die Schlimmsten, die Radikalen. Sie haben im Koran gelesen?"

„Ja", antwortete Mondmann, „manches klingt tatsächlich intolerant, aggressiv. Nimmt man diese Zeilen wörtlich, darf man sich nicht wundern, wenn in Paris Islamisten mit der Kalaschnikov herumballern."

Amadou schüttelte den Kopf. „Darf man nicht als Maßstab nehmen. Das hat mit dem Islam nichts zu tun. Die haben in Paris ja auch Moslems hingerichtet. Einfach geschossen, ohne zu fragen, ob jemand Christ ist oder dem Islam zugehört. Die gehen einfach davon aus, dass Moslems, die in Paris leben, Apostaten, Abtrünnige sind, vom Islam abgefallen, weil sie in der Hauptstadt des Lasters leben. Hier geht es um Terror, nicht um Religion. Vergessen Sie das nicht, Doc!"

„Mag sein. Trotzdem beunruhigen diese Stellen im Koran. Und der Koran ist doch so eine Art religiöses Manifest, eine Handlungsanweisung. Oder?"

„Auch wieder wahr", seufzte Amadou. Man müsste ihn bereinigen. Vorher gibt es keinen Frieden auf der Welt. Und was mir zu Asbesi noch einfällt: Ich glaube ihm das mit der Koranstelle nicht. Wenn er das vorliest, ist die Frau zwar ärgerlich, schlägt aber nicht mit der heißen Bratpfanne so zu."

„Hmm. Und um was ging es dann?"

„Der Klassiker, Doc. Suleiman Asbesi hat zwei Frauen, vielleicht auch drei. Das ist ja nach dem Koran erlaubt. Ein Mann darf bis zu vier Frauen haben. Seine deutsche Frau hat etwas dagegen. Es kommt zu einem heftigen Streit. Der Asbesi tanzt zwischen zwei Frauen hin und her. Ich weiß es. Er hat ja bei mir Trommelstunden und erzählt so manches."

„Aha. Dann war es also nicht der Schlag mit der Pfanne, sondern Suleiman Asbesi ist sich nicht sicher, wohin und wie er gehen soll. Da schlägt er den Rückwärtsgang ein, will sich dem Konflikt entziehen, kann aber nicht."

„Von wegen, Doc! Ich verrate dir jetzt was. Der Asbesi verarscht dich. Ich war nämlich neulich oben im Gang, weil Riddelhoff nicht zum verabredeten Trommeln erschienen war. Was sehe ich? Vor mir geht Suleiman Asbesi ganz normal, verschwindet hinten in seinem Zimmer. Er hat mich nicht bemerkt. Er geht nur rückwärts, wenn er weiß, dass ihm jemand zusieht."

„Aha. So also. Ich werde mir nichts anmerken lassen und ihn weiter behandeln."

„Ja, mach es! Vielleicht findest du dann heraus, warum er dieses seltsame Spiel treibt. So, Doc, jetzt aber ein Stündchen an die Trommel. Mit Links streichen wir zuerst über die Mitte, lauschen auf unseren Herzschlag und trommeln mit den drei mittleren Fingern diesen Takt. Das Herzchakra öffnet sich. Wir nehmen nun die drei mittleren Finger der rechten Hand hinzu, passen sie diesem Rhythmus an, und nach ein paar Minuten nehmen wir die ganzen Hände, werden schneller und wirbeln uns dem Trommelrand entgegen. Stakkato, Doc. Dann langsamer werden. Die Hände streicheln nun leise und zärtlich das Fell, während wir uns mit dem Ohr zur Trommel neigen und der Melodie lauschen."

18

Es gab auch Gäste, die die Krippe im Foyer ausdrücklich lobten. Einer war Gisbert Ohm, der selten Sprechstunden mit Mondmann in Anspruch nahm.

„Bravo, Herr Doktor!" hatte er gesagt. „Die Krippe macht sich gut. Ich wusste nicht, dass ich nicht nur in einem schönen, sondern auch in einem frommen Haus bin. Jetzt kann man wieder Weihnachten fühlen."

Ohm wollte einfach nur in der Männergemeinschaft leben, wieder zur Ruhe kommen. Er war ein später Nachfahre des berühmten Physikers Georg Simon Ohm, der im 19. Jahrhundert das Ohmsche Gesetz gefunden hatte, ein Gesetz, das jedes Schulkind kannte. Das Gesetz beschäftigte sich mit den Beziehungen zwischen elektrischem Widerstand, der Spannung und der Stromstärke. Ohm hatte herausgefunden, dass das Produkt aus Widerstand und Stromstärke die Spannung ergab, also $U = R \times I$. Sein Nachfahre, Gisbert Ohm, hatte als Pfarrer im Rechtsrheinischen bei Bonn versucht, dieses Gesetz auf den Glauben anzuwenden. Er war nicht müde geworden, von der Kanzel zu predigen: „Euer Glaube entspricht der Stromstärke I. Ihr wisst, dass man dem wahren Glauben in unserer Gesellschaft erheblichen Widerstand entgegensetzt. Daraus resultiert eine Spannung, die unsere sündige Gesellschaft, die das wahre Christentum verleugnet, zerbrechen lässt. Darum müssen wir eine Gemeinschaft des ursprünglichen Christentums wieder neu aufbauen."

Die Gemeinde hatte ihm am Anfang interessiert zugehört. Doch ändern wollte sich niemand. In dem kleinen Dorf im Rechtsrheinischen blieben es die alten Saufköpfe, Stammtischbrüder und Hurenböcke, die nur dem nächsten Schützenfest entgegenlechzten. Bei den Frauen erhielt sich eine peinliche Bigotterie, und die Jugend war erst gar nicht gekommen. So scheiterte Gisbert Ohm mit seiner christlichen Revolution.

Schließlich hatte er eine soziale Phobie, mied die Menschen immer mehr, konnte die Kanzel nur noch besteigen, nachdem er sich am Messwein gütlich getan hatte. Am Messwein muss es auch gelegen haben, dass es zu jener berühmten Schimpfpredigt im Rechtsrheinischen gekommen war.

„Ihr verlottertes Gesindel! Götzendiener! Wie lebt ihr eigentlich? Haltet ihr Jesus für Gottes Sohn? Nein. Bestenfalls für einen Hippie oder Märchenguru. Wenn ihr ihn wenigstens noch für einen Propheten Gottes hieltet, wie der Koran es tut. Aber selbst davon seid ihr noch weit entfernt. Euer Christentum ist noch nicht einmal lau. Es ist nicht vorhanden. Es ist ein Nichts. Und so wundert ihr euch und jammert, dass sich der Islam hier mehr und mehr verbreitet. Ihr seid genau so blöd wie unsere Politiker, die zulassen, dass Kruzifixe abgehängt werden. Statt dessen fördern sie den Bau von Moscheen, finanzieren Klassenfahrten nach Mekka. Ihr werdet dereinst jammern, wenn eure Töchter in Burkas herumlaufen oder gar nicht mehr aus dem Haus dürfen. Eure Schützenfeste könnt ihr streichen. Denn in euren Tempeln, den Super-märkten, gibt es nur noch Kamillentee. Integration? Lächerlich. Wie wollt ihr diese Horden integrieren? Zum Christentum bekehren? Glaubt ihr, die geben den Koran an der Grenze ab? In zwanzig Jahren werdet ihr hier von einem Imam regiert. Und wahrlich, ich sage euch, ihr habt euer Schicksal verdient."

Eine Woche später war Ohm suspendiert, erlitt einen Nervenzusammenbruch und kam in das Mondmannsche Haus.

19

Moritz Hellmer betrat das Sprechzimmer wie gewohnt. Mütze, Pfeife, Kelle. Er strahlte über das ganze Gesicht. „Herr Dr. Mondmann, es war eine lange Fahrt, aber ich bin pünktlich."

„Wunderbar", antwortete der Doc. „Auf die Bahn ist endlich wieder Verlass. Sie waren in Mailand?"

„Ja, ganz überraschend. Eigentlich sollte ich nur bis Basel. Aber dann ist ein Kollege ausgefallen. Nun ja, dann bin ich halt eingesprungen. Bei der Bahn sind wir eine Familie."

„Ja, verstehe", bemerkte Mondmann. „Solche Werte sind bei den Unternehmen heute selten geworden. Die deutsche Bahn kann stolz auf Sie sein."

„Danke, Herr Dr. Mondmann. Solche Komplimente tun gut. Sie waren schon einmal in Mailand?"

„Mailand, Mailand", sagte der Doc nachdenklich. „Nein, kann ich nicht behaupten. Ich kenne nur den Bahnhof vom Umsteigen. Damals kam ich von Sizilien, bin dann in Mailand in den Nachtzug nach Basel. Von den Alpen habe ich da leider auch nicht viel gesehen. Sie aber? Sie sind doch bestimmt tagsüber zurück gefahren."

Hellmer rückte mit dem Stuhl etwas vor, stemmte den rechten Ellenbogen auf die Schreibtischplatte, stützte sein Kinn mit der Hand ab. „Herr Dr. Mondmann, ich verrate Ihnen jetzt mal was. Ja, ich bin am Tag über die Alpen zurück nach Basel gefahren. Ich hatte nur eine Stunde Aufenthalt in Mailand, aber ich bin rasch in den Dom gelaufen, bin ganz unauffällig an der Krippe vorbeigegangen und habe dann…" Hellmer räusperte sich und sah sich verstohlen um. Er beugte sich weiter zu Mondmann vor und begann zu flüstern. „Ich habe die Heiligen Drei Könige gestohlen. Die gehören nicht nach Mailand."

„Interessant, interessant." Mondmann überlegte einen Augenblick. „Ja, Sie haben die Heiligen Drei Könige befreit. Und dann? Wo sind sie jetzt? Was haben Sie mit ihnen gemacht?"

„Ich habe sie zunächst einmal im Foyer aufgestellt. Da ist ja auch eine Krippe. Aber eigentlich müssen sie nach Köln. Da bringe ich sie bei der nächsten Fahrt auch hin."

Mondmann schüttelte den Kopf. „Nein, nein. Lassen Sie das mal. Die Kölner haben ja die Reliquien. Da sollten die Bonner als Nachbarstadt wenigstens die Figuren haben."

„Meinen Sie? So habe ich das noch nicht gesehen."

„Meine ich. Lassen sie die Könige hier stehen. Die freuen sich, wir freuen uns auch. Zur Belohnung für Ihre Tat schenke ich Ihnen eine kleine Krippe. Da sind zwar nicht die Könige dabei, aber das Jesuskind mit Josef und Maria. Und der Stern von Betlehem."

Der Doc zog die Schreibtischschublade auf, kam mit einer der Walnussschalen hervor, reichte sie Hellmer. Der nahm sie in die linke Hand, betrachtete sie, zog dann mit der rechten Hand die Mütze. „Ja, das ist ein feines Geschenk", sagte er. „Darüber freue ich mich."

20

Hildegard Gabriel kam mit einer Tasse Kaffee. „Doc, Sie müssen endlich wieder einen Vortrag halten. Die Männer warten darauf."

„Vortrag? Worüber denn? Ich habe kein Thema und natürlich auch kein Manuskript."

„Sie machen das auch ohne."

„Für die Ankündung, für das Plakat brauchen Sie aber ein Thema."

„Nicht unbedingt. Ich schreibe auf dem Plakat einfach ‚Vortrag von Dr. Mondmann'. Das reicht. Ist kein Thema angegeben, macht das sogar neugierig. Sagen Sie doch irgend etwas zu Weihnachten. Erläutern Sie die Krippe in der Walnussschale."

„Frau Gabriel…". Mondmann lehnte sich in seinem Sessel zurück „Für so etwas mieten Sie doch bitte einen Pfarrer."

Hildegard Gabriel zeigte auf den Stuhl vor Mondmanns Schreibtisch. „Doc, darf ich mich setzen? Ich habe noch etwas anderes auf dem Herzen."

„Bitte. Was kommt denn jetzt? Gehaltserhöhung, Weihnachtsgeld? Sie bekommen inklusive Ihrer zahlreichen Überstunden doch 5000 Euro im Monat."

Hildegard Gabriel setzte sich. „Nein. Das ist es nicht. Damit bin ich ja auch zufrieden. Ich mache mir Sorgen um Sie."

„So, so. Ich esse zu viel oder zu wenig? Soll noch weniger rauchen als meine zehn Zigaretten am Tag?"

„Nein, Doc. Das ist es nicht. Ich befürchte einen Rückfall."

„Einen Rückfall? Rückfall wohin denn?"

„Sie leben mir zu sehr alleine. Das macht Sie verwundbar für eine neue verrückte Geschichte. Und ein zweites Mal kämen Sie nicht so glimpflich davon."

Mondmann öffnete die Schreibtischschublade, kam mit einem silberfarbenen Etui hervor, öffnete es, nahm eine Zigarette, zündete sie an, inhalierte, blies einen Kringel.

„So, so. Wollen Sie mich verkuppeln? Das öde Leben eines Junggesellen beenden?" Der Doc schwieg einen Augenblick, fuhr dann fort: „Ich gebe Ihnen aber recht. Seit Maya weg ist…" Er winkte ab. „Weg, weg. Die war ja nie richtig da. Genau genommen nur für einen Abend, eine Nacht. Also. Was wollte ich sagen? Ach ja. Sie haben recht. Seit Maya weg ist, geht mir das Alleinsein zunehmend auf die Nerven. Ohne Frau geht nix, sage ich mir manchmal. Aber was soll ich tun? Im Supermarkt mit dem Wägelchen Frauen umfahren und sagen: Entschuldigen Sie bitte! Darf ich das mit einer Tasse Kaffee wieder gutmachen?

Oder soll ich im Kaufhaus unten an der Rolltreppe warten, fragen: Schöne Frau, darf ich Sie nach oben begleiten? Also, Frau Gabriel, das ist nicht so einfach. Anreden kann man doch keine Frau mehr. Die laufen doch nur noch mit Smartphone durch die Straßen und quatschen mit irgend jemandem. Die sind doch gar nicht mehr ansprechbar."

„Doc, so natürlich nicht. Es gibt andere Gelegenheiten. Gehen Sie zum Beispiel freitags oder samstags tanzen."

„Ich und tanzen? Ich stolper' doch über meine eigenen Füße."

„Ach was, Doc. So ein bisschen Rhythmus im Blut hat doch jeder. Amadou hat mir erzählt, dass Sie ausgezeichnet trommeln. Wer trommeln kann, kann auch tanzen."

„Wer erzählt Ihnen denn so einen Quatsch", murrte Mondmann. „Hmm. Tanzen. Wo denn überhaupt?"

„In Bad Neuenahr zum Beispiel. Im Kurhaus. Da sind Sie unter Gleichaltrigen."

„Danke. Ich weiß, was Sie meinen. Werte Dame, werte Tanzpartnerin, wollen Sie mit mir den Lebensabend im Seniorenheim verbringen? Frau Gabriel, ich bitte Sie! Ich gehe doch nicht zum Tanztee ins Kurhaus nach Bad Neuenahr. Da kann ich mir direkt auch ein Plätzchen auf dem Friedhof aussuchen."

„Sie übertreiben, Doc. Ich habe aber noch eine andere Idee."

„Ja, bitte. Ist doch endlich mal wieder ein richtig spannendes Gespräch mit Ihnen. Sie wollen eine Anzeige aufgeben in der Zeitung oder im Internet?"

„Daran habe ich unter anderem auch gedacht. Es gibt ja genügend Foren im Internet. Machen Sie das doch parallel. Melden Sie sich zum Beispiel beim ‚Dating Café' an. Da gibt es Frauenüberschuss. Dieses Forum ist auch sehr seriös."

„Sie kennen es selbst? Haben es selbst ausprobiert?"

„Ja und Nein. Ich habe mich einmal angemeldet, viele Sympathieklicks und auch Mails bekommen, aber ich habe nie jemanden getroffen."

„So, so. Und warum nicht?"

„Irgendwie dann doch Bedenken. Vielleicht Angst vor Enttäuschung. Man kennt so einen Menschen doch noch gar nicht. Da gibt es ein paar Mails, ein paar Telefongespräche. Wahrscheinlich ist das so eine Art Roulette."

„Aber mir wollen Sie dieses Roulette zumuten?"

„Nein. Doch. Sie sind etwas verwegener. Sie treffen zehn Frauen. Wahrscheinlich ist eine dabei, mit der Sie auskommen können."

„Verwegener? Wie kommen Sie denn darauf?"

„Doc, ich habe für Sie doch den Flug nach Lissabon gebucht und die Suite am Tejo. Ich habe ja mitbekommen, wie Sie von der ganzen Geschichte geschwärmt haben. Sie waren ja nicht zu halten, nicht zur Vernunft zu bringen. Also, Sie machen das locker. Drei Rendezvous pro Woche. Nach einem Monat haben Sie zwölf Frauen kennen gelernt. Da ist bestimmt eine für Sie dabei."

Mondmann seufzte. „Was für eine Arbeit! Drei Rendezvous mit einer Unbekannten pro Woche."

„Versuchen Sie's. Jetzt zur Weihnachtszeit sind die Chancen besonders gut."

„Ich habe so etwas noch nie gemacht."

„Wenn Sie erlauben, ich arrangiere das für Sie. Ich melde Sie beim ‚Dating Café' an, schreibe einen Text dazu, ein Bild von Ihnen brauche ich auch. Ohne Bild geht nämlich kaum etwas. Bevor ich das freischalte, gucken Sie sich das alles an und geben dann Ihr Okay. Einverstanden?"

„Meinetwegen. Machen Sie's. Was kostet das denn?"

„Ist nicht teuer. Ich glaube, sechzig Euro für drei Monate. Das sollte Ihnen Ihr Glück doch wert sein."

„Gut, gut, Frau Gabriel. Ich sehe, Sie sind da kaum zu bremsen. Sie hatten noch einen anderen Vorschlag, wenn ich Sie recht verstanden habe?"

„Ach so, ja. Tanzen. Es gibt da noch etwas. Etwas ganz Uriges, Einmaliges. Das findet man nirgendwo mehr auf der Welt. Ist auch nicht weit von Bonn. Also, in Bad Breisig am Rhein gibt es eine Weinstube mit einem singenden Wirt. Draußen ist auch ein Schild ‚Enge Tanz-gelegenheit'. In dieses gemütliche Weinlokal kommen auch viele alleinstehende Frauen. Das liegt an dem freundlichen Wirt, der jede persönlich begrüßt, ihr einen Tischplatz empfiehlt, sie nach dem Namen fragt und den dann auf ein Täfelchen an der Wand neben dem Tisch schreibt. Es geht da ganz locker und lustig zu. Wer da nichts kennen lernt, dem ist nicht mehr zu helfen. Jetzt im Winter ist die Weinstube donnerstags bis sonntags ab 18 Uhr geöffnet. Ist direkt am Rhein, in der Biergasse."

„So, so. Klingt ja nach einer echten Alternative. Wollen Sie mir das nicht einmal zeigen, mich begleiten?"

„Nein, nein, Doc. Da gehen Sie bitteschön alleine hin. Schließlich wollen Sie ja eine Frau kennen lernen und keine mitbringen."

„Na gut, Frau Gabriel. Versuchen wir es zunächst mit dem Internet. Melden Sie mich bitte in dem besagten Café an. Ich kann ja mein Glück versuchen. Das Alleinsein geht mir nämlich auf die Nerven."

„Und der Vortrag? Deswegen bin ich ja gekommen."

„Was haben wir heute? Ach ja, Freitag. Freitag? Freitag schon? Mein Gott, wie die Zeit wieder rast. Da ist man gerade zur Welt gekommen und steht schon kurz vor dem Abgang. Ach so, der Vortrag. Meinetwegen. Schreiben Sie auf dem Plakat einfach ‚Vortrag von Dr. Mondmann'. Thema weiß ich noch nicht. Ich fang einfach mal an zu reden. Fällt mir nichts ein, mache ich mit den Männern ein Billard-Turnier. Freitag haben wir schon. So, so. Wie war das noch mal mit Bad Breisig und der Biergasse? Bad Breisig, wo ist das überhaupt?"

„Ganz einfach, Doc. Sie fahren die B9 Richtung Koblenz, fahren den Rhein entlang. Bad Godesberg, Mehlem, Oberwinter, Remagen, Sinzig. Dann kommt Bad Breisig. Sie kommen am Edeka-Markt vorbei. Dort können Sie Ihren Wagen parken, gehen zum Rhein runter, dann nach rechts. Nach ungefähr hundert Metern, vielleicht sind es auch zweihundert, erreichen Sie die Biergasse. Die Weinstube sehen Sie dann direkt an der Ecke links."

Hildegard Gabriel stand auf. „In einer Stunde bin ich wieder da. Dann können Sie den Text für das ‚Dating Café' freigeben. Jetzt fotografiere ich Sie aber erst einmal, damit wir auch ein Bild reinsetzen können. Mache ich mit meinem Smartphone. Bitte lächeln, Doc!"

21

Nach einer Stunde, wie versprochen, erschien Hildegard Gabriel mit ihrem Laptop, stellte ihn vor Mondmann auf den Schreibtisch.

„So, Doc. Sie sind jetzt beim ‚Dating Café' registriert. Sie müssen nur noch freigeschaltet werden. Gucken Sie sich bitte Ihr Profil und den Text an."

„Sie haben es aber eilig, mich loszuwerden."

„Ich will nur ein weiteres Unglück verhindern. So, Doc, das ist Ihr Pseudonym. Damit melden Sie sich an. ‚Moonman52'."

„Moonman?" fragte der Doc erstaunt. „Schreckt das nicht eher ab? Klingt verdächtig nach Psychiatrie."

„Ach was, Doc. Da ist doch auch Ihr Bild zugeschaltet. Man sieht doch direkt, dass Sie völlig normal sind. Außerdem können Sie das Pseudonym jederzeit ändern, wenn Ihnen etwas Besseres einfällt. So, jetzt gehen wir Ihr Profil durch. Korrigieren Sie, wenn etwas nicht stimmt. Als Ort habe ich Bonn angegeben. Ihre Größe ist 1.85, stimmt doch so ungefähr oder?"

Mondmann nickte. „Ja, so ungefähr. Kommt auf ein paar Zentimeter nicht an. Aha, bei der Figur, das stimmt nicht unbedingt. Schlank? Nein, eher normal. Ich habe mich in den letzten Wochen so gelangweilt, dass ich mir einen kleinen Bauch angefuttert habe."

„Der geht wieder weg", meinte Hildegard Gabriel. „Wir lassen ‚schlank'. Ihr Sternzeichen habe ich auch angegeben. Wassermann, nicht wahr?"

„Richtig. Das genaue Datum wird angezeigt?"

„Nein. Das erscheint da nicht. Haare, grau-meliert'. In Ordnung so?"

„Meinetwegen. Obgleich, na ja, es lichtet sich da oben etwas."

„Augen blau, richtig?"

„Richtig. Sie kennen mich."

„Beruf habe ich nicht angegeben. Psychiater. Muss ja nicht jeder direkt wissen. In Ordnung so? Religion habe ich offen gelassen."

„Schreiben Sie ruhig ,katholisch'. Ist ja kein Makel. Was haben Sie beim Rauchen angegeben. Ach ja, sehe ich. ,Gelegentlich'. Nun gut, stimmt so ungefähr."

„Ja. Da sollten Sie ehrlich sein. Und hier ist jetzt der Bekanntschaftstext. Ich lese ihn vor. ,Weihnachten und auch danach möchte ich nicht alleine sein und suche deshalb eine unternehmungslustige Freundin. Das Alter spielt keine Rolle. Die Hauptsache, wir haben Spaß miteinander und mögen uns. Das können wir am besten bei einem ersten Telefongespräch und dann einer Tasse Kaffee herausfinden. Wenn Sie Interesse haben, melden Sie sich doch bitte. Ich schicke dann per Mail meine Telefonnummer oder Sie schreiben mir Ihre. Je nachdem, ob ich zuerst anrufen soll oder Sie. Fassen Sie sich ein Herz. Das Leben ist kurz genug. Wir haben keine Zeit mehr zu verlieren. Auf ein Abenteuer bin ich nicht aus, nur auf eine ernsthafte Beziehung. Ach ja, wie angegeben rauche ich manchmal. Wenn du mich küssen willst, nehme ich aber vorher Pfefferminz."

„Hmm!" Mondmann wiegte den Kopf zwischen den Schultern. „So ganz der Knaller ist das ja nicht", meinte er. „Die letzten beiden Sätze nehmen wir raus. Man kann ja nicht direkt mit Küssen ins Haus fallen. Wo ist eigentlich das Bild?"

„Das muss erst noch überprüft werden, wird dann freigeschaltet. Aber ich versichere Ihnen, es ist eine schöne Aufnahme. Sie lächeln ganz süß. Oh, fast hätte ich es vergessen. Sie brauchen ja noch Ihr Passwort. Sonst können Sie sich nicht einloggen. Ich habe Ihre Initialen genommen und Ihr Geburtsjahr. Ihr Passwort ist EM1952."

„Ja. Danke, Frau Gabriel. Wieviel bekommen Sie jetzt? Ist das für einen oder für drei Monate?"

„Für drei. Zum Werbepreis von fünfzig Euro."

„Gut. Gebe ich Ihnen in bar. Augenblick noch. Ich schreibe mir die Daten auf. Mein Pseudonym und das Passwort. Wahrscheinlich wollen Sie auch wissen, wie die Sache läuft und Sie erwarten einen wöchentlichen Rapport."

„Aber Doc! Das ist Ihre Privatsache. Allerdings, neugierig wäre ich schon. Sie können mir ja, wenn Sie wollen, ab und zu ein bisschen erzählen."

„Mach ich, Frau Gabriel." Mondmann sah auf die Uhr. „Kommt gleich nicht der Riddelhoff zum Gespräch?"

„Ja, richtig. In zehn Minuten."

„Hat es da noch mal einen Vorfall mit seiner Frau gegeben. Sie wissen, die mit dem Schirm."

„Nein. Nicht mehr aufgetaucht. Jedenfalls weiß ich nichts davon."

Hildegard Gabriel fuhr den Laptop herunter, klappte den Deckel zu. „Wenn Sie Langeweile haben, Doc", meinte sie, „können Sie mit Ihrem Computer das ‚Dating Café' besuchen und sich die Damen hier im Umkreis angucken. Sie müssen ja nicht unbedingt warten, bis Sie angeschrieben werden. Sie können sich auch selber melden. Initiative wird gern gesehen. Viel Glück!"

22

„Wie geht es Ihnen, Herr Riddelhoff?" fragte Mondmann.

Philipp Riddelhoff saß vor dem Schreibtisch auf dem Stuhl, hatte die Schultern hängen, den Kopf in den Nacken gelegt, blickte nach oben an die Decke, als offenbare sich dort sein Zustand.

„Mäßig", sagte er nach kurzem Schweigen. „Irgend etwas stimmt nicht. Ich fühle mich so lustlos und müde. Könnte den ganzen Tag irgendwo rumhängen oder schlafen."

„Und Ihr Trieb? Ist der noch da, macht er Ihnen noch zu schaffen?"

„Der Trieb, der ist völlig weg. Sie könnten das tollste Weib neben mich legen. Ich würde nur dumm aus der Wäsche gucken."

„Verstehe", konstatierte Mondmann. „Das Mönchskraut wirkt also, hat aber erhebliche Nebenwirkungen bei Ihnen. Die totale Lustlosigkeit ist kein guter Zustand. Wir setzen das Kraut besser ab. Waren Sie inzwischen noch einmal zu Hause bei Ihrer Frau?"

„Nein. Was soll ich da? Die spielt mit 58 ja die geschlechtslose Oma. Da komme ich ja nur in Versuchung, wieder 30 Euro zu klauen."

Riddelhoff machte eine kleine Pause, fügte dann hinzu: „Und dann muss ich die Tat mit Prügel bezahlen. Sie haben ja gesehen, wie flink sie ist und wie sie zuschlagen kann."

„Ja, ja. Beeindruckend. Vielmehr beängstigend. Wieviel Geld haben Sie eigentlich selber? Sie müssen sich doch nicht am Portemonnaie Ihrer Frau bedienen."

„Doch. Leider ja. Ich bekomme eine Frührente von 400 Euro. 320 muss ich für die Miete und den gemeinsamen Haushalt abgeben. Da bleiben mir nur knapp drei Euro Taschengeld am Tag. Davon kann ich keine großen Sprünge machen. Jenny kann ich nur bezahlen, wenn ich meiner Frau Geld klaue."

„Ihre Frau verdient mehr als Sie?"

„Erheblich. Die arbeitet als Schulsekretärin und hat 2500 Netto im Monat."

„Ja, ich sehe. Sie sind also finanziell total abhängig. Da kommt einem der Humor schnell abhanden. Und wenn dann noch der sexuelle Frust dazu kommt... Schlimm!"

„Ja, Herr Doktor. Schlimm. Was soll ich machen?"

„Wir versuchen es einmal mit der Rückgewinnung des Humors. Ich verordne Ihnen zehn Sitzungen Lachyoga. Sie wissen, was das ist?"

„Nein. Noch nie gehört."

„Also, Sie machen diese Sitzungen bei Amadou, unserem Trommelmeister. Bei diesen Sitzungen sind Sie nicht alleine. Zur Zeit wären es dann mit Ihnen acht Teilnehmer. Sie sitzen im Halbkreis vor Amadou. Der schlägt mit der Hand die Trommel. Bei jedem dritten Schlag lachen Sie einfach. Sie lachen so lange, bis Sie nicht mehr können. Dann geht das Spiel von Neuem los. Amadou schlägt. Beim dritten Schlag lachen Sie wieder. Sie werden sehen, in einer Lachgemeinschaft wirkt das ungeheuer ansteckend und befreiend."

„Man kann einfach so lachen, ohne Grund?" fragte Riddelhoff.

„Natürlich. Zum Lachen hat man immer einen Grund. Auch wenn man ihn nicht direkt sieht. Außerdem braucht man zum Lachen keinen Grund. Das ist eine elementare Lebensfunktion so wie das Atmen. Eigentlich müsste der Mensch schon morgens beim Aufwachen lachen. Aber das tun die Wenigsten. Weil in der Regel ein Scheißtag beginnt. Man ist noch müde, kommt kaum zum Kaffee trinken und Frühstücken und muss dann raus in irgendeinen Stau, den man neuerdings ja immer hat und kommt dann zu einer Arbeit, die man am liebsten an den Nagel hängen möchte. Da vergeht einem beim Wachwerden das Lachen. Nicht wahr? Und wenn man dann vorher um fünf oder sieben gewisse Gelüste hat und die werden einem verweigert, ja, wo soll dann die Fröhlichkeit herkommen? Also, mein Lieber, versuchen Sie es mit Lachyoga. Vielleicht lassen sich alle Probleme so beheben. Nächste Woche wieder zum Gespräch? Der gleiche Tag? Die gleiche Zeit?"

„Gerne, Herr Doktor." Riddelhoff stand auf, schüttelte Mondmann die Hand. „Danke", sagte er. „Jetzt habe ich wieder ein bisschen Hoffnung."

23

Mondmann sah auf die Uhr. Viertel nach Sieben, am Abend. Freitag, Wochenende, Langeweile in seinem Haus im Bergischen. ,Ohne Frau geht nix', hatte er leichtsinnigerweise gesagt. Irgendwie stimmte es auch. Aber dem stand auch gegenüber ,Ohne Gott geht nix'. So oder so ähnlich lautete jedenfalls der Titel des Buches, das er aus Amadous Bibliothek mitgenommen hatte. Darin zu lesen, hatte er im Moment keine Lust. Nach Bad Breisig zu fahren und Frau Gabriels Tipp auszuprobieren, dazu hatte er auch keine Lust. So dringend war die Angelegenheit nicht. Er fuhr seinen Computer hoch, loggte sich im ,Dating Café' ein, gab die Suchkriterien an, Frau zwischen 60 und 70, im Umkreis von 50 Kilometern. Mit Foto und aktiv. Raucherin egal, Sternzeichen egal, Größe egal, Gewicht egal. Hildegard Gabriel hatte recht. Man warf den ersten Blick auf das Foto. Der Text war nebensächlich. So erging es auch Mondmann. Er klickte nur auf Fotos, die ihn ansprachen, danach las er erst den Text dazu. Die Kandidatinnen waren anspruchsvoll. Der Mann musste mit beiden Beinen im Leben stehen, realistisch sein und romantisch, eine Powerfrau ertragen können, mobil und unternehmungslustig sein, gemütliche Abende am Kamin schätzen und dann auch wieder zu abenteuerlichen Reisen bereit sein, Bildung musste er haben und zugleich ein kindliches Herz, und immer wieder erschien der Hinweis: kein Interesse an kurzweiligen Kontakten und ONS. ONS? Ach ja. Musste wohl One Night Stand bedeuten.

Von vierzig Frauen speicherte Mondmann eine einzige unter ,Meine Favoriten'. Eleonora nannte sie sich mit Pseudonym, wohnte keine zehn Kilometer von Bonn entfernt und hatte sinnigerweise und seltsamerweise einen ganz kurzen Text geschrieben: ‚Nur Schokolade macht auch nicht glücklich!'

„Komisch", murmelte Mondmann. „Ist das ein Wink des Himmels?" Eleonora war ein dunkler Latinatyp mit schulterlangem krausem Haar, das man gut hätte zu Rastalocken drehen können. Mit rehbraunen Augen und sinnlichen roten Lippen blickte sie den Betrachter kess und herausfordernd an, so als wollte sie sagen: „Versuchs doch! Bist du der Richtige, wirst du wunderbare Dinge mit mir erleben." Eleonora war groß, schlank, vom Sternzeichen her Waage. Mondmann hielt zwar nicht viel von Astrologie, aber ein bisschen doch. Blickte er zurück, so hatten meist Waage- und Skorpionfrauen seinen Weg gekreuzt. Vielleicht war doch irgendwas an dieser Partnerschafts-Astrologie dran. Zwischen Himmel und Erde gab es schließlich noch viele Geheimnisse.

Der Doc überprüfte, ob sein Bild inzwischen freigeschaltet war. Nein, noch nicht. Aber wenn, dann würde er nur an Eleonora schreiben. Einen Text konnte er ja schon mal aufsetzen. Abschicken würde er ihn später. Und dann konnte dieses seltsame Internet-Abenteuer beginnen. Aber was schrieb man da? ‚Hallo, hier bin ich. Würde dich gerne kennenlernen. Du mich auch?'

Am liebsten würde er diese Arbeit an Hildegard Gabriel delegieren. Das war vielleicht die beste Lösung. Eine Frau hatte wahrscheinlich mehr Einfühlungsvermögen, wusste, wie man punktete. Aber dann sagte er sich: „Was für ein Schmarren! Das kannst du auch selbst."

Er schrieb: „Ich finde Ihren Text ausgesprochen schön. Er ist bei aller Kürze sehr tiefsinnig. Ihr Foto spricht mich auch an. Da ist etwas, was mich sehr neugierig macht. Ich suche eine unternehmungslustige Freundin, nicht nur zu Weihnachten. Ich würde Sie sehr gerne kennenlernen. Selbstbeschreibungen liegen mir nicht. Ich bin kein Romanschriftsteller. Ich schlage daher vor, Sie rufen entweder mich an oder ich Sie. Danach könnte es ja zu einer ersten Tasse Kaffee kommen. Einverstanden? Hier meine Handynummer: 0151/99883377. Wundern Sie sich nicht über die Zahlendopplung. Das war ein reiner Glücksfall bei der Zuteilung der Nummern. Solch ein Glück wünsche ich mir auch mit Ihnen. Möchten Sie, dass ich zuerst Sie anrufe, dann schicken Sie mir doch bitte Ihre Nummer. Einen Sympathieklick bekommen Sie neben dieser Mail auf jeden Fall. Mit hoffnungsvollen Grüßen, Eugenio."

Mochte sie rätseln, was er für ein Landsmann war. Eugenio klang italienisch. Eugen war ja viel zu altbacken. Ebenso wie Götz, Fritz oder Waldemar. So hieß man nicht mehr. Eugenio war übrigens sein richtiger Name. So stand es auch in der Geburtsurkunde. Mondmanns Mutter, während der Vater noch in russischer Kriegsgefangenschaft war, hatte eine Affäre mit einem italienischen Sänger gehabt, war ihm nach Florenz nachgereist. Eugenio Barretti hieß er. Ein Sänger der zweiten Garde. Nicht sehr berühmt, aber sehr charmant. Und dann war, 1956, der Vater zurückgekommen und hatte einen Sohn vorgefunden, der nicht von ihm sein konnte. Die Mutter, um den Mann nicht dauernd zu verletzen, hatte ihn von da an statt

Eugenio Eugen gerufen. Bei diesem Namen war er geblieben, obgleich in der Geburtsurkunde und im Personalausweis die italienische Variante stand. Jetzt benutzte er den italienischen Namen wieder. Für ein Rendezvous mit der schönen Eleonora schien ihm das angebracht und vorteilhafter.

Er schickte den Text nicht ab, speicherte ihn. Vielleicht würde er ihn später senden, vielleicht auch gar nicht. Er war noch unentschlossen.

Gegen neun entschied sich Mondmann, nicht mehr ins Bergische zu fahren. Was sollte er dort alleine? Er würde auf dem Sofa im Sprechzimmer schlafen. Er begab sich in den Billardsaal, wurde herzlich mit „Hallo Doc!" begrüßt. Man reichte ihm einen Queue. „Snooker oder Pool?" wurde er gefragt. „Pool. Die einfache Variante, Jungs. Aus irgendeinem Grund habe ich heute auch schrecklichen Durst. Wer von euch geht in die Kantine und holt ein paar Flaschen Bier aus dem Kühlschrank?"

Das musste er nicht zweimal sagen. Drei Freiwillige stürmten los.

24

Am Samstagvormittag fuhr der Doc zu seinem Haus ins Bergische. Unterwegs hielt er an einem Baumarkt, kaufte sich bunte Lichterketten. Er würde es nicht ertragen können, in die dunkle bergische Nacht zu gucken. Er umrahmte die

Bäume im Garten. Es mochte kitschig aussehen. Es war ihm egal. Er hatte den grauen Winterhimmel satt. So wollte er wenigstens abends und nachts etwas fröhlich Buntes sehen. Dann würden die kerzenförmigen Birnchen in den Farben Blau, Grün, Rot und Gelb leuchten. Dann blickte man in einen bunten Reigen und nicht mehr nur in die Nacht, die sich schwarz dahinter türmte. Unschlüssig stand er im Wohnzimmer des Hauses, sah durch das Fenster nach draußen. Was machte man, wenn man 65 war, mit seiner freien Zeit? Die Welt hatte er schon gesehen, viele Menschen kennen gelernt, viel Kurioses. Konnte man noch neue Ereignisse hinzufügen? Oder geschah nicht monoton das Gleiche? Im Prinzip hatte man alles erlebt. Nur den Tod noch nicht. Der würde neu sein. Leider aber auch endgültig. Eine Ewigkeit schlafen, nur noch schlafen, nicht mehr da sein. Eine seltsame Vorstellung. Das Leben war komisch. Da wurde einem mit der Geburt ein Fenster geöffnet. Man blickte eine Weile hinaus. Und dann klappte es auf ewig zu. Auf ewig? Der Islam kannte Himmel und Hölle. Das Christentum auch. Stimmten solche Mythen? Waren das Mythen? Oder Märchen? Waren Mythos und Märchen dasselbe? Was aber, wenn das stimmte? Diese Geschichte vom Himmel und von der Hölle? Beunruhigend. Denn dann konnte man sein Leben verfehlen. Es waren lauter Fragezeichen, die auf den Doc einstürmten und die ihn nicht fröhlich stimmten. Das Leben war ein Mysterium. Man konnte es nicht ergründen. Da half auch kein Studium der Psychologie. Was ist, überlegte er sich, wenn diese Geschichte vom letzten Gericht wirklich stimmt? Dann musste man auf der Erde verdammt aufpassen, was man machte, anstellte. Diese Geschichte war gefährlich. Gab es so etwas nicht, war mit dem Tod tatsächlich alles für die Ewigkeit zu Ende, dann war das auch ziemlich komisch. Denn dann war es letztlich egal, was man auf der Erde anstellte. Im Anblick der Ewigkeit war es läppisch, gleichgültig, völlig egal. Im Anblick der Ewigkeit zerplatzte alles ins Nichts.

Warum, verdammt noch mal, sagte sich der Doc, konnte man nicht einfach das Leben genießen, es dahinplätschern lassen, sich erfreuen, so oft es ging. Warum musste der Mensch dieses quälende philosophische Element haben, diese Komponente, am Sinn oder an der Sinnlosigkeit zu leiden? Was sollte das? Diese seltsame Sehnsucht nach Sinn! Konnte man nicht einfach so leben? Unbewusst und glücklich wie ein Tier. Dann war man eben einfach da, und dann war man eben einfach wieder weg. Die Blumen machten es einem vor. Die kamen mit Knospen, blühten, verblühten, waren weg.

Mondmann sah auf die Uhr. Viertel nach elf. Samstagmorgen. Nie vor elf, war sein Wahlspruch. Jetzt war es nach elf. Er ging zu einer Vitrine, öffnete sie, entnahm ihr eine Mahagonibox. Darin war eine Flasche Whisky. 1959 destilliert. 2009 abgefüllt. Der Banker hatte sie ihm geschenkt. Nicht ohne darauf hinzuweisen, dass diese Flasche 2500 Euro gekostet hatte. Der Doc goss sich ein Glas halbvoll, verzichtete auf Eis, schwenkte das Glas, hielt die Nase über die kreisende Flüssigkeit, schnupperte, nahm einen ersten kleinen Schluck, ließ ihn im Gaumen kreisen. Es schmeckte mild, rauchig, nach edel abgelagertem Holz. Und ein bisschen auch nach Torf.

„Man kann sich ruhig manche Fragen wegsaufen", sagte er sich. „Es gibt keine Lösungen. Aber immer wieder taucht die Sehnsucht nach dem Sinn wie ein Stachel auf. Da hilft auch keine Eleonora drüber hinweg."

25

Gestern, am Samstag, war die Whiskyflasche noch halb voll gewesen. Jetzt, am Sonntagmorgen war sie leer. Mondmann hatte für 1250 Euro getrunken. Aber der Kopf war klar, frisch. Von einem Kater keine Spur. Die Qualität eines teuren Produktes zahlte sich aus. Es war viertel nach acht. Der Morgen dämmerte, falls man das so nennen konnte. Der Himmel war, wie im Winter üblich, grau verhangen. Es war ein tristes, einheitliches, monotones Grau, mit dem das Licht der Sonne ausgesperrt wurde. Der Doc dachte an Málaga, an Sayalonga, wo sich jetzt gewiss der Himmel über den Bergen blau und hell spannte und am östlichen Rand des Mittelmeeres die Sonne hochstieg. Aber der Vergleich Spanien – Deutschland verstimmte nur. Es half nicht. Er war jetzt in Deutschland und hatte sich mit dem Wetter abzufinden. Wenigstens konnte man bei dem Wetter Hunger haben. Und es musste am Wetter liegen, dass die Deutschen das beste Brot machten. Bei so einem beschissenen Grau konnte man die Glut im Backofen nur lieb haben. Und so etwas spürte auch der Teig und gedieh gut.

Mondmann öffnete in der Küche den Brotkasten. Da war bis auf eine verhärtete Kruste nichts mehr drin. Also auf zum Bäcker in den Ort. Er setzte sich in den Wagen, fuhr die Serpentinen hinunter, kam in den bergischen Ort, wo man die Geschwindigkeit auf 30 drosseln musste und Schikanen zu umfahren hatte. Beim Bäcker war es um diese Zeit noch nicht so voll. Gerade mal fünf Menschen standen geduldig vor der Theke, um Brötchen zu kaufen. Es war die schläfrige Atmosphäre eines gewöhnlichen Sonntagmorgens. Mondmann stellte sich an, studierte die Titelseite der ‚Bild am Sonntag', die zum Verkauf auf der Theke lag. ‚Krieg' stand in großen Lettern auf der Titelseite. ‚Bodentruppen in Syrien'.

Die schläfrige Stimmung schlug um, als sich die Tür öffnete und eine mit einer schwarzen Burka verschleierte Frau den Laden betrat. War es eine Frau? Man konnte es nicht erkennen. Es gab nur diesen Schlitz, der die Augen frei ließ. Irgendwie gab es Unruhe an der Theke. Misstrauische Blicke. Man hatte ja einiges gehört von Sprengstoffgürteln und der Belohnung von Martyrern. 72 Jungfrauen sollten im Paradies auf sie warten. So sagte man.

Mondmann kaufte vier Brötchen. Wahrscheinlich drei zuviel. Alleine frühstücken war öde. Aber nur ein Brötchen zu kaufen, wäre komisch gewesen. Er ging mit der Tüte zum Wagen, setzte sich hinein, startete, fuhr weiter in den Ort hinein. Er wollte zur Kirche. Einfach so. Vielleicht eine

Kerze anzünden am Marienaltar. Aber er kam nicht dorthin. Hundert Meter vor der Kirche stand ein Feuerwehrauto quer auf der Straße. Sperrung. Mondmann hielt an, ließ das Seitenfenster runter, fragte einen Feuerwehrmann, der auf ihn zukam.

„Was ist los?"

„Sperrung. Wir haben eine Bombendrohung im Forum. Tut mir leid. Sie müssen umkehren."

„Ich will nur in die Kirche."

„Geht nicht. Hier ist alles gesperrt."

Die Kirche, die dem Heiligen Bartholomäus geweiht war, lag direkt gegenüber dem Forum des Ortes. Hier gab es eine Bibliothek, Versammlungsräume für die Bürger, eine Turnhalle, die von der daneben liegenden Schule genutzt wurde. Mondmann hatte es in der lokalen Zeitung gelesen, dass die Halle mit Flüchtlingen belegt werden sollte. Den alten Bahnhof neben dem Forum wollte man auch für die Flüchtlinge frei räumen. Den bisherigen deutschen Mietern, die seit fünfzehn Jahren dort wohnten, hatte man gekündigt. Drei Familien wohnten dort. Jetzt schaffte man Raum für zehn. Aus welcher Ecke die Bombendrohung kam, lag auf der Hand. Salafisten waren es dieses Mal nicht.

Zu Hause steckte Mondmann die Brötchentüte in den Brotkasten. Irgendwie hatte er keinen Hunger mehr. Aus dem grauem Himmel begann es zu regnen. Es war noch nicht elf. Wenn jetzt wenigstens Eleonora da wäre, dachte er. Man könnte diesen ganzen Mist vergessen und sich unter der Bettdecke an ein warmes Weib kuscheln.

Könnte, könnte. Aber er konnte nicht. Da war meilenweit kein Weib zu sehen.

Um etwas Leben im Haus zu haben, wenigstens irgendeine Stimme zu hören, schaltete er das Radio an. „Sie hören ‚Gut gelaunt in den Tag!'" kam es ihm aus dem Lautsprecher entgegen. „Heute ist der zweite Advent. Genießen Sie Glühwein auf dem Weihnachtsmarkt. Aber seien Sie vorsichtig. Es könnte Glühwein mit Schuss sein. Hahaha!"

26

„Doc, eine Tasse Kaffee und etwas Weihnachtsgebäck?"

Hildegard Gabriel hatte angeklopft, ihr Kopf erschien im Türrahmen. „Sie sind der erste, der davon kosten darf. Außer mir natürlich. Ich musste ja probieren, ob es gelungen ist."

„Gerne!" antwortete Mondmann. „Mit solchen Überraschungen sind Sie hier immer willkommen. Und natürlich auch sonst", ergänzte er.

Die Sekretärin verschwand für einen kurzen Augenblick, kam zurück mit einer Tasse Kaffee und einem Teller Schokoladengebäck, setzte Tasse und Teller vor Mondmann auf den Schreibtisch.

„In einer halben Stunde kommt Irmgard Pauli und möchte mit Ihnen sprechen. Sie hat eben angerufen."

„Irmgard Pauli?" Mondmann hob die Augenbrauen, legte die Stirn in Falten.

„Die Frau von dem Ordnungsfanatiker. Egon Pauli. Er ist seit drei Monaten bei uns."

„Ach ja. Pauli. Der einzige, dem ich von therapeutischen Gesprächen abgeraten habe. Hoffnungslos. Er nervt. Der geht hier im Zimmer umher, rückt alles zurecht und macht sich dann an meinem Schreibtisch zu schaffen. Was möchte Frau Pauli denn?"

„Das hat sie mir nicht gesagt. Das wird Sie mit Ihnen besprechen. Wahrscheinlich will sie sich nur nach dem Zustand Ihres Mannes erkundigen."

„Kann ich nicht viel zu sagen", knurrte Mondmann. „Außer, dass er die Jungens hier auch nervt. Poolbillard kann er nicht mitspielen. weil er immer die Kugeln zurechtrückt. Beim Fußball sucht er auf dem Feld nach Steinchen, Stöckchen und Blättern. Ach ja, und putzt bei jedem Einwurf den Ball. Immerhin geht er jetzt nicht mehr so komisch, stelzt nicht mehr so herum. Pauli ist wahrscheinlich eine Ausnahme zu meinem Gesetz. Da ist nicht die Frau verrückt, sondern der Mann selber. Aber so genau weiß ich das in diesem Fall nicht. Ich habe mich noch nicht mit der Ursache beschäftigt. Weil, wie gesagt, der Kandidat hier nur herumrennt und alles zurechtrückt, in eine strenge Ordnung bringen will. Man kommt zu keinem vernünftigen Gespräch. Na gut, warten wir ab, was die Frau Pauli will. Wann kommt sie, sagten Sie?"

„In einer halben Stunde."

„Gut. Da habe ich ja noch etwas Zeit."

Mondmann nahm einen Schluck Kaffee, hob ein Plätzchen vom Teller, begutachtete es, biss hinein. „Hmm", bemerkte er. „Ausgezeichnet. Da werden sich Ihre Enkelkinder aber freuen. Denen gilt doch Ihre Kunst. Oder?"

„Ja, auch. Aber es ist ein alter Brauch. Ich habe schon immer zu Weihnachten gebacken. Es macht einfach Freude. Aber es macht auch etwas traurig, wissen Sie. Früher hatte ich dabei Gesellschaft, heute nicht mehr. Was macht eigentlich das ‚Dating Café'? Sie sind doch jetzt freigeschaltet oder noch nicht?"

„Ach so. Ja, denke ich. Ich habe mich aber noch gar nicht drum gekümmert."

„Schade. Dann haben Sie also noch gar nicht die Bilder angesehen, wissen noch nicht, ob eine Wunschdame dabei ist."

„Doch. doch. Geguckt habe ich schon. Da ist auch etwas Lustiges dabei. Ich meine, vielleicht etwas Interessantes. Der Text jedenfalls. Aber auch das Optische. ‚Nur Schokolade macht nicht glücklich', schreibt sie. Ausgerechnet so etwas!"

„Doc, Doc. Ich sehe schon. Sie steuern auf das nächste Unglück zu. Sie haben ein Händchen dafür."

Hildegard Gabriel seufzte, zuckte mit den Schultern. „Wenn Sie noch etwas Gebäck möchten, melden Sie sich." Mit diesen Worten verschwand sie durch die Seitentür, zog sie mit einem Kopfschütteln zu.

Um elf klopfte es. „Herein!" rief der Doc. Die Tür öffnete sich. Zuerst stürzte ein kläffender, weißer Pudel mit einem roten Schleifchen hinein. Dahinter erschien eine etwa sechzigjährige Dame auf hochhackigen Schuhen und in einem blauen Kostüm mit weißen Punkten. Eine grellrote Frisur lag etwas zu steif um den Kopf, so als habe man Pomade oder Haarspray zu reichhaltig eingesetzt.

„Frau Pauli?" fragte Mondmann.

„Ja. Richtig. Ich wollte meinen Mann abholen. Wenigstens zu Weihnachten sollte er zu Hause sein. Ich darf mich setzen?"

„Ach so. Ja, bitte."

Mondmann zeigte auf den Stuhl vor seinem Schreibtisch. Der Pudel strich um sein Bein und kläffte.

„Komm her, Frieda", befahl Irmgard Pauli. Frieda knurrte, ließ widerstrebend von Mondmanns Hosenbein ab, bewegte sich auf ihre Herrin zu und sprang ihr dann mit einem Satz auf den Schoß und knurrte von dort aus den Doc weiter an. Der kümmerte sich nicht darum, fragte:

„So, Sie wollen also Ihren Mann zu Weihnachten wieder haben? Richtig?"

„Ja, wenigstens an den Feiertagen und am Heiligen Abend natürlich. Für drei oder vier Tage halte ich ihn aus. Er hat doch sicher Fortschritte gemacht. Oder?"

Mondmann wiegte den Kopf hin und her. „Na ja. So schnell geht das nicht. Aber kleine Fortschritte hat er gemacht. Sein Gang ist etwas natürlicher geworden. Er läuft jetzt nicht mehr Hacke an Fußspitze. Sie wissen ja, wenn er geht, setzt er die Hacke des einen Fußes an die Spitze des anderen. Das hatte etwas Storchenhaftes. Sagen Sie, Frau Pauli, war er eigentlich schon immer so? Wann haben Sie denn geheiratet?"

Die Frau strich sich mit der Hand über die Frisur, als müsse sie überprüfen, ob alles noch seinen richtigen Sitz hat.

„Ja", meinte sie, „das ist jetzt schon dreißig Jahre her. Nein, am Anfang war es nicht so schlimm.

Aber einen gewissen Hang zur Ordnung hatte er schon immer. Aber damals habe ich das begrüßt, dachte, dann hast du wenigstens eine gute Hilfe im Haushalt. Ein ordentlicher Mann schadet ja nicht. Aber dass er dann alles so in Reih und Glied legt oder stellt oder andauernd etwas zurechtrückt, das war dann doch ein bisschen viel."

„Könnte es irgendeinen Anlass für dieses Verhalten gegeben haben?" fragte Mondmann. „Hat er Ihnen etwas aus seiner Kindheit erzählt? Dass es da vielleicht Vorfälle gegeben hat."

Irmgard Pauli schüttelte den Kopf. „Nein, von seiner Kindheit hat er nie erzählt. Ich habe ihn aber auch nicht danach gefragt. Die Kindheit war ja schon lange vorbei. Bei unserer Hochzeit war er dreißig, ein erwachsener Mann."

„Verstehe. Aber Sie sagten, bei der Hochzeit war es noch nicht so schlimm. Da war er noch nicht der Ordnungsfanatiker, der sich selbst im Wege steht und seiner Umwelt auf die Nerven geht."

„Nein, war er noch nicht. Wie gesagt, ich fand es sogar angenehm und freute mich."

„Und…" Mondmann zögerte einen Augenblick, fuhr dann aber fort: „Wenn ich fragen darf, wie ist es denn oder wie war es denn mit ihren intimen Momenten? Da war alles in Ordnung?"

„Nein, anfangs nicht. Wissen Sie, er war etwas wild. Wollte immer und überall, an den unmöglichsten Orten. Im Wald, im Fahrstuhl. Fuhren wir mit dem Auto irgend wohin, so steuerte er plötzlich einen Parkplatz an und wollte was von mir. Das geht natürlich nicht. Da habe ich ihm Ordnung beigebracht. Wenigstens in diesem Punkt."

„Ordnung beigebracht? Wie darf ich das verstehen?"

„Ich habe zu ihm gesagt: Disziplin bitte. Und damit du das lernst, führen wir feste und ordentliche Zeiten an einem ordentlichen Ort ein. Wir sind schließlich keine wilden Tiere, die es im Gehölz treiben."

„Ach ja, verstehe. Und dann haben Sie feste Zeiten eingeführt, also seinen Trieb kanalisiert."

„Kann man so sagen. Einmal die Woche, habe ich ihm zu verstehen gegeben."

„Er hat das akzeptiert?"

„Zuerst nur widerwillig. Aber dann hat er sich gefügt."

„Und von da an wurde es schlimmer mit seinem Ordnungstick?"

„Ja, das stimmt. Er hat sozusagen einen Schub bekommen. Er fing auf einmal an, Schuhe streng parallel zu stellen. Er zupfte Vorhänge zurecht, stellte Stühle symmetrisch um den Tisch, platzierte Kissen nach gewissen Abständen und begann auf einmal, auch so komisch zu gehen. Erst orientierte er sich an Kästchen auf dem Bürgersteig und dann setzte er auf einmal beim Gehen die Hacken immer vor die Fußspitze. Es sah komisch aus. Ich bin nicht mehr mit ihm ausgegangen. Ich muss sagen, ich habe mich geschämt."

„Gut. Verstehe. Jetzt zu Weihnachten wollen Sie ihn aber wieder haben. Drei oder vier Tage überstehen Sie?"

„Gewiss. Dann kann er ja wieder zurück zu Ihnen. Oder?"

„Selbstverständlich. Nehmen Sie ihn mit. Er muss allerdings wollen. Wir haben hier ja, wie Sie wissen, offenen Vollzug. Äh, ich meine, wir sind ein offenes, zugängliches Haus. Soll ich Ihren Mann rufen lassen? Meine Sekretärin wird ihn holen. Dann können Sie ihn ja selbst fragen."

Mondmann stand auf, ging zur Seitentür, klopfte. „Ja, bitte!" rief Hildegard Gabriel. Mondmann öffnete die Tür. „Frau Gabriel, suchen Sie doch bitte den Herrn Pauli und sagen Sie ihm, seine Frau wartet bei mir. Sie möchte ihn für die Feiertage mitnehmen."

„Nur für die Feiertage?"

„Ja, ja, erst mal nur für die Feiertage."

Hildegard Gabriel erhob sich. „Gut, dann geh ich mal durchs Haus."

„Ich denke, er wird auf seinem Zimmer sein", gab Mondmann ihr als Tipp mit. „Wenn nicht, finden Sie ihn am ehesten noch bei Donrath, dem Meteoritenjäger. Die beiden verstehen sich. Pauli hilft ihm beim Ordnen der Steine."

Mondmann kehrte zurück zu seinem Schreibtisch. Frieda beachtete ihn nicht mehr, hatte sich auf dem Schoß eingekuschelt und schien zu schlafen. Irmgard Pauli zupfte abwechselnd an dem Schleifchen um Friedas Hals, dann fuhr sie sich wieder mit der rechten Hand die Frisur entlang, überprüfte den Sitz.

„Haben Sie über Weihnachten etwas Bestimmtes mit Ihrem Mann vor?" fragte Mondmann, um die Zeit zu überbrücken.

„Nein, wir wollen nur zusammen sein. Abends etwas Fernsehen gucken, morgens lange schlafen. Wie man die Feiertage eben so verbringt."

Mondmann nickte. „Ja schön. Da wird er sich freuen, wenn er mal ein wenig Abwechslung hat. Immer nur hier im Haus ist ja auch nicht der wahre Jakob. Verwöhnen Sie ihn über Weihnachten mal ein bisschen."

„Ja, ja. Das werde ich machen. Klöße und Rotkohl hat er am liebsten."

Es klopfte an der Seitentür. Es war Hildegard Gabriel. „Herr Dr. Mondmann, kommen Sie doch bitte einmal."

„Entschuldigung", murmelte Mondmann Richtung Irmgard Pauli. „Ich bin gleich wieder da."

Als er bei Hildegard Gabriel war, fragte er: „Was gibt es denn? Sie haben Pauli gefunden?"

„Ja, habe ich. Er saß bei Donrath im Zimmer, hat Steinchen geordnet. Der Größe nach."

„Und?"

„Er will nicht. Er weigert sich. Er ist blass geworden, als ich ihm sagte, seine Frau wolle ihn über Weihnachten mit nach Hause nehmen. Er fing sogar an zu weinen. Da habe ich gesagt, Sie müssen ja auch gar nicht. Und bin gegangen. War das richtig so? Durfte ich das sagen?"

„Schon in Ordnung. Wir können ihn ja nicht zwingen. Er fühlt sich hier halt wohler als bei seiner Frau. Da hilft auch kein Weihnachten."

„Sie bringen es Frau Pauli bei?"

„Muss ich wohl."

Mondmann zuckte mit den Achseln, ging zurück in sein Zimmer, setzte sich Frau Pauli gegenüber, die ihn erwartungsvoll ansah.

„Sie haben ihn gefunden?"

„Ja, haben wir. Aber Frau Pauli…" Mondmann machte eine kleine Pause. „Es tut mir leid. Er will nicht. Wir können ihn nicht zwingen."

„Was? Er will nicht? Er will nicht das Weihnachtsfest mit mir verbringen? Was für ein undankbarer Kerl!"

Irmgard Pauli stand abrupt auf. Frieda purzelte auf den Boden, kläffte und flitzte erschrocken um den Stuhl herum. „Komm, Frieda!" sagte sie und hob den Hund auf. „Mit undankbaren Männern wollen wir nichts zu tun haben." Und an Mondmann gerichtet meinte sie: „Behalten Sie ihn! Machen Sie ihn bloß nicht gesund, damit er für alle Ewigkeit bei Ihnen bleibt. Auf Wiedersehen, Herr Doktor. Beziehungsweise kein Wiedersehen."

Mit diesen Worten rauschte Irmgard Pauli, den Pudel auf dem Arm, ab.

27

Unter sich hörte Mondmann das Rauschen der Agger. Er stand auf der Terrasse seines Hauses, sah in die Nacht hinaus, wo nur in der Ferne die Lichter des Dorfes die Dunkelheit durchschnitten. Es war eine milde Nacht, ungewöhnlich mild für den Monat Dezember. Das Thermometer hatte tagsüber 15 Grad angezeigt. Jetzt mochten es immer noch acht oder sogar zehn Grad sein. Der Doc stand auf der Terrasse und rauchte. Es war die neunte Zigarette des Tages. Er hatte die Zigaretten wie stets abgezählt, stand sich zehn zu. Mit dieser

Dosierung mochte man vielleicht dem Tod von der Schüppe springen, der drohenden Diagnose eines Karzinoms entgehen. Er hatte einige Versuche hinter sich, das Rauchen aufzugeben, hatte aber noch jedes Mal befunden, ein Stück Lebensgenuss, Lebensqualität zu verlieren und hatte wieder mit dem vermeintlichen Laster angefangen. Rauchverbote auszusprechen war albern, hysterisch, eine Marotte von Gesundheitsaposteln. Da sollten sie doch eher das Autofahren verbieten oder den Einstieg in Züge, durch die Islamisten mit einer Kalaschnikov rannten. Außerdem half das Rauchen über kritische Momente hinweg, war eine Art Meditation, ruhiges Verweilen in einer Überlegung. Und zu überlegen hatte der Doc einiges.

Da war auf der einen Seite die Sache mit der Religion. Gott oder nichts. Stand der Mensch wirklich vor dieser Alternative? Mit der Frage, ob es wirklich eine Religion gab, also eine Religion, die der Wirklichkeit entsprach, also stimmte, hatte er sich kaum beschäftigt, da ihm diese Frage nicht als lösbar erschien. Und jetzt war noch etwas anderes hinzugetreten. Eine Bedrohung durch einen intoleranten, radikalen Islam. Und der forderte ihn wiederum heraus, sich mit dem Christentum zu befassen, das er für akzeptabler hielt, ja, für verteidigenswert. Aber war dieses Christentum nicht schon lange verloren? Aufgeweicht, untergegangen im ‚American Way of Life‘? Neben der religiösen Frage gab es indes auch noch andere. Da war die Sache mit dem Weib. Den Begriff ‚Weib‘ benutzte er als Qualitätsmerkmal, als Elementarwort wie Wind, Meer, Sonne, Sterne. Keinesfalls war es herabsetzend, negativ gemeint, auch wenn sich viele Frauen über diesen Begriff aufregten. Sollte er es noch einmal versuchen? Versuchen mit einer Freundin zu leben, vielleicht sogar zusammen zu leben, obgleich er schon so oft Schiffbruch erlitten und sich die letzten Jahre bis auf das Lissaboner Abenteuer ganz zurückgehalten hatte. Weiter war da die Sache mit der Anstalt. War es nicht Zeit aufzuhören, sich zurückzuziehen vom Irrsinn der Welt. Ein Irrsinn, den er zwar in seinem Haus als geringer erachtete als da draußen, wo alle normal taten, aber es schon lange nicht mehr waren. Musste irgendwann nicht Schluss sein mit diesem Abschnitt seines Lebens? Tat er sich und anderen etwas Gutes, wenn er eine Psychiatrie leitete? War seine Anstalt überhaupt hilfreich? Manchmal wusste er das nicht mehr.

Gab es überhaupt Glück auf dieser Erde? Ein dauerhaftes? Ein dauerhaftes bestimmt nicht. Denn alles lief auf den Tod hinaus. Auf die Auslöschung. Der Gedanke an die Vergänglichkeit hatte etwas Lähmendes. Wie konnte man sich zu dem Glauben an ein Leben nach dem Tod bringen? Also an einen Sinn glauben statt an die Auslöschung? War man mit fortgeschrittenen Jahren nicht dem Kinderglauben an Märchen entwachsen? Oder bestand etwa ein seltsamer Zirkel, ein Kreis des Lebens darin, wieder zu einem kindlichen Glauben zurückzufinden?

All das wusste der Doc nicht, und er gestand sich ein, dass jener Satz des Sokrates ein genialer war. „Ich weiß, dass ich nichts weiß." Und vor allem wusste man nichts über die so genannten letzten Dinge des Lebens. Über das Woher und das

Wohin. Da waren die Menschen seit Tausenden von Jahren gleich unwissend geblieben. Die Menschen früher aber hatten über ihre Unwissenheit noch Bescheid gewusst. Während die Heutigen, die so genannten Modernen, die überheblichen Kinder eines überheblichen Fortschrittglaubens sich ihre Unwissenheit nicht mehr eingestanden, sie verdrängten. Und deswegen waren sie im Vergleich zu den Menschen vor Tausenden von Jahren nicht nur genau so unwissend, sondern noch ziemlich blöd dazu.

Der Doc zuckte mit den Schultern, drückte den Zigarettenstummel auf dem Boden aus. Von Osten her näherten sich blinkende Lichter. Eine Maschine steuerte auf den Flughafen Köln-Bonn zu, sank mehr und mehr der Erde zu, tauchte schließlich hinter eine Bergkuppe. Mondmann hatte dem Flieger nachgesehen. Vielleicht war es ja doch richtig, sich nach Sayalonga zurückzuziehen, auf die Finca. Die nächsten Wochen würden die Entscheidung bringen.

28

Es gab Fälle, da zweifelte Mondmann am Sinn einer Therapie. Er hielt sie sogar für kontraproduktiv, da sie den Patienten aus einem

Glückszustand holte, auch wenn dieser Zustand wahnhaft war. Kaplan und Donrath waren solche Beispiele. Die wollte er in der Welt lassen, in der sie glücklich und zufrieden lebten. Kaplan ging in seinen linguistischen Forschungen auf, vergaß die Zeit. Die Zeit zu vergessen hieß auch, die Vergänglichkeit zu vergessen. Dann war man zufrieden, erfüllt. Donrath ging es genau so. Der freute sich über seine Meteoritenfunde. Was hätte Mondmann mit Aufklärung bewirkt? „Herr Donrath, Sie täuschen sich. Das sind nur nutzlose Steine, die Sie hier in der Umgebung aufgesammelt haben." Es hätte Tränen gegeben, einen nervlichen Zusammenbruch. Vielleicht hätte Donrath sich auch zu einer Rheinbrücke begeben und wäre hinunter gesprungen. Also ließ Mondmann diese Patienten in ihrem Glauben, in ihrem wahnhaften Glück. Kaplan und Donrath kamen seit einiger Zeit auch nicht mehr zu den Gesprächen. Sie hatten, wie sie ihm über Hildegard Gabriel mitteilen ließen, keine Zeit mehr. Donrath wollte von einem Meteoriten X35 gehört haben, der ganz in der Nähe des Venusberges herabkommen sollte. Kaplan war mit einem Endreferat über die Dominanz des Buchstaben ‚a' beschäftigt.

Aber es gab auch Fälle, wo er einen Patienten alleine durch Zuhören glücklich machte. Das gab auch Mondmann eine gewisse Erfüllung, stiftete Sinn für seine Arbeit beziehungsweise in solch einem Fall für seine Anwesenheit. Denn er tat nichts anderes als zuzuhören, verständnisvoll zu nicken. Ab und zu ließ er sich auch zu einem lobenden, aufbauenden Kommentar hinreißen. Ein solcher Fall war ‚Opa Glatzke'. Der Mann war

Studienrat für Kunst und Englisch, hieß eigentlich Blatzke, wurde aber, weil er schon mit 61 ein gewisses Alter erreicht und tatsächlich auch eine Glatze hatte, von den Schülern ‚Opa Glatzke' gerufen. Das war kein schmeichelhafter Name. Schüler konnten grausam sein. Blatzke hatte das feststellen müssen und es mit einigen körperlichen Gebrechen bezahlt. Hatte er zu einer Englisch-stunde die Kleinen in den unteren Jahrgängen, so standen diese auf dem Gang vor der Klassentür. Kaum wurden sie seiner ansichtig, stimmten sie ein ohrenbetäubendes Geschrei an. Die Töne waren dermaßen schrill, dass Blatzke mit der Zeit einen kräftigen Tinnitus davontrug. Er entwickelte eine regelrechte Phobie, einen Klassenraum zu betreten. Was die allgemeine Lärmbelastung in einer Schule betraf, so war sie durchaus mit der Belastung eines Tornadopiloten zu vergleichen. Daher war es auch kein Wunder, dass kaum noch ein Lehrer das volle Pensionsalter erreichte. Sie dankten vorher ab. Mit 50 schon. Die Tapferen hielten vielleicht bis 56 durch. Die ganz Tapferen bis 62. Nur die ganz groben, unsensiblen Klötze, die um sich schlagen konnten, erreichten die vorgeschriebenen 65 Jahre. Blatzke, obwohl es nicht seinem Temperament entsprach, hatte zu den ganz Tapferen gehören wollen, es aber nicht geschafft. Daran war vor allem ein perfides Komplott schuld, das ihn im Kunstunterricht ereilte. Blatzke hatte die Ange-wohnheit, zu Beginn der Kunstunterrichts ein Bild per Beamer auf eine Leinwand zu werfen. Er forderte die Schüler auf, das Bild lange zu betrachten und sich im Dämmerlicht des Raumes Notizen dazu zu machen. Er selbst nickte dabei oft ein, schlief ein Weilchen, wurde nicht selten wach, als die Stunde schon vorbei war und die Schüler längst verschwunden waren. Oft genug waren sie schon vor Ende der Stunde leise aufgestanden, hatten den Raum verlassen. Manchmal ging Blatzke während einer solchen Stunde auch in einen kleinen Nebenraum, der ihm als eigenes Atelier diente. Hier stand ein Brennofen, in dem er Emailleprodukte brannte. Hier bewahrte er auch persönliche Gegenstände auf wie etwa die Schultasche oder sein Smartphone. Hier befand sich auch eine Flasche Melissengeist, den er sich in Tee oder Kaffee schüttete, um bis zum Ende des Schultages durchhalten zu können.

In einer der Stunden, er hatte die Jahrgangsstufe Dreizehn im Kunstraum, hatte er ein Gemälde von Waterfield – es war die Darstellung einer Nixe - an die Wand geworfen, den Raum abgedunkelt, war vorne am Pult eingenickt. Diese Gelegenheit nutzte eine 17jährige, recht hübsch aussehende Schülerin. Sie schlich sich in den Nebenraum, in Blatzkes kleines Atelier, sah das Smartphone auf dem Tisch dort liegen, nahm es, knüpfte sich die Bluse auf, holte zwei volle, wohlgestaltete Brüste hervor und fotografierte sie. Dabei achtete sie darauf, dass man auf dem Foto nicht ihren Arm oder ihre Hand erkennen und das Bild als so genanntes Selfie enttarnen konnte. Nach dieser Arbeit ging sie wieder zurück, setzte sich, betrachtete sinnend das Gemälde von Waterfield.

Es klingelte. Blatzke wurde wach. Die Schüler verließen den Raum. Bis auf die Siebzehnjährige mit den wohlgeformten Brüsten. „Herr Blatzke, ich muss Sie sprechen", sagte sie.

„Was gibt es denn?"

„Ich brauche mindestens eine Zwei für Ihren Kunstkurs. Sonst schaffe ich im Abitur nicht den geforderten Schnitt. Ich will nämlich Medizin studieren."

„Eine Zwei?" hatte Blatzke gegengefragt. „Wo soll die denn herkommen? Sie bekommen höchstens eine Gnadenvier. Mehr kann ich nicht für Sie tun. Im ganzen Halbjahr hat es von Ihnen keinen einzigen Beitrag gegeben."

„Sie müssen mir aber eine Zwei geben. Sonst werde ich verraten, dass Sie die ganze Zeit auf meine Brüste starren. Das tut man nicht."

„So ein Quatsch!" hatte Blatzke geantwortet. „Ihre Brüste interessieren mich nicht. Da gibt es bei den Barockmalern viel schönere Exemplare."

Danach brach Unheil über Blatzke. Die Schülerin schwärzte ihn bei einer Vertrauenslehrerin an. Blatzke habe sie unsittlich angefasst, sie überredet, die Brüste zu entblößen und habe diese sogar fotografiert. Wäre sie nicht willfährig, würde er sie mit einer Fünf bestrafen.

Die Vertrauenslehrerin informierte den Lehrerrat, der hauptsächlich aus Frauen bestand. Die eilten zum Direktor, informierten auch den Elternrat. Eine Hetzjagd auf Blatzke begann. Keine Kollegin, kein Kollege wollte mehr mit ihm was zu tun haben. Es wurde sogar die Polizei eingeschaltet. Die kontrollierte das Smartphone, das Blatzke in der Gewissheit seiner Unschuld bereitwillig herausrückte. Damit war die Katastrophe perfekt. Es kam zur Suspendierung, dann zum Gerichtsverfahren. Und hier, aber viel zu spät eben, weil Blatzke schon ein gebrochener Mann war, kam es zur Wende. Die Siebzehnjährige, inzwischen 18 geworden, hatte einer Freundin alles gebeichtet, sich später mit dieser Freundin verkracht. Diese sagte nun als Zeugin aus. Blatzke aber war, wie gesagt, mit den Nerven völlig runter, ein gebrochener Mann. Er war nicht nur aus dem Beruf raus, sondern hatte auch eine empörte Ehefrau verloren. Zur Kompensation dieser scheußlichen Schicksalsschläge hatte er sich mit dem Maler Paul Gauguin identifiziert, glaubte, auf Tahiti zu sitzen und war so in dem Wahn befangen, dass er Mondmann für den Häuptling einer Kunstakademie hielt und ihm bei jeder Sitzung ein neues, kleines Bild zeigte, das er in Öl gemalt hatte. Der Doktor sollte dazu seinen Kommentar geben.

Die Bilder waren in der Tat kleine, geschickte Kunstwerke, Miniaturen im Format 9x12 cm, die den Originalen Gauguins verblüffend ähnelten. Hätte das Format gestimmt, man hätte sie als Fälschungen in der Kunstwelt unterbringen können. Es waren Sinfonien in Farbe. Es waren Bilder von einem Südseeparadies. Vor allem die Frauenporträts strömten eine starke Sinnlichkeit und Lebensfreude aus. Mondmann war beeindruckt. Sein Lob, seine Anerkennung waren echt. Blatzke lebte in diesen Momenten auf, freute sich, lächelte, strahlte über das ganze Gesicht. Die Schultern waren jetzt nicht mehr herabgesunken, die Brust wölbte sich nach vorne. Der Patient war sichtlich erstarkt.

„Darf ich Ihnen bald noch ein Bild zeigen, Herr Doktor?" fragte er. „Ich habe da noch ein paar Motive im Kopf."

„Selbstverständlich!" antwortete Mondmann. „Malen Sie! Sie sind begnadet. Ich freue mich auf das nächste Bild von Ihnen."

Blatzke hatte ihm dann jedes Mal das Bild geschenkt mit den Worten: „Der Vollard bekommt das nicht. Da verschenke ich es lieber."

Vollard war der Pariser Kunstmakler Gauguins gewesen. Er hatte den Maler mit magersten Preisen an den Rand des Hungertodes getrieben. Heute war ein Gauguin mehrere Millionen Euro wert. Mondmann hatte jetzt schon eine ganze Sammlung Gauguinscher Miniaturen. Er fand sie wirklich hübsch und hatte sie Blatzke auch bezahlen wollen. Aber der hatte energisch abgewehrt: „Nein, nein, Herr Doktor! Ich habe lange genug dem Mammon als Börsenmakler gedient. Jetzt kommen die Geschenke von Herzen und sind umsonst. Außerdem haben Sie ja denselben Vornamen wie ich. Ich heiße nicht nur Paul, sondern auch Eugené. Sehen Sie, Herr Doktor. Und dann ist da noch etwas. Ich werde nämlich nach Panama gehen, um dort wie ein Wilder zu leben. Und danach kommt wieder Tahiti. Dann heißt für mich Leben nur noch Singen und Lieben. Was soll ich also mit den ganzen Bildern? Nur mein größtes Werk nehme ich mit. Ein anderes Format. 139 x 375 cm. Ich habe es in vier Wochen gemalt, ihm den Titel gegeben ‚Woher kommen wir? Wer sind wir? Wohin gehen wir?' Erst wenn ich tot bin, schicke ich es Ihnen zu. Das ist dann mein Testament für Sie."

29

„Doc, die Männer wollen wieder einen Vortrag hören!" Hildegard Gabriel hatte das in den letzten Tagen mehrfach wiederholt, und Mondmann dachte jetzt über ein Thema nach. Er hatte noch die kleinen Krippen in der Walnussschale, wollte sie bei dieser Gelegenheit verschenken und etwas dazu sagen. War diese Weihnachtsgeschichte nicht so herrlich irre? Weiter war da noch das Buch, das er immer noch nicht gelesen hatte: ‚Gott oder nichts'. Was für eine Alternative! ‚Solo dios, basta!' möchte es auf Spanisch heißen.

Und dann war da noch etwas. Die Welt war immer mehr aus den Fugen geraten. Befand man sich nicht in einer beängstigenden Auseinandersetzung mit dem Islam, zumindest mit seiner radikalen Variante? Es herrschte Krieg. Amerikaner, Russen, Engländer, Franzosen und auch Deutsche flogen Kampfeinsätze gegen den islamischen Staat. Europa war vom Terror bedroht. Nicht nur Europa. Die Welt. Der amerikanische Präsidentschaftskandidat hatte empfohlen, Muslime nicht mehr einreisen zu lassen. Seinen Klienten, Patienten oder auch Gästen waren die Nachrichten nicht entgangen. In der Bibliothek des Hauses lagen aktuelle Tageszeitungen. Der jüngste Terroranschlag von Paris war bekannt. Mondmann musste etwas zum Islam sagen. Und dazu musste er sich mit dieser Religion und ihrer militanten Strömung weiter auseinander setzen.

Was also sollte man vom Islam halten? Islam, ein arabisches Wort, hieß nichts anderes als ,Unterwerfung'. Unterwerfung unter den Willen Gottes. Man konnte allerdings auch ,Hingabe' sagen, was freundlicher war. Was der Wille Gottes war, bestimmte der Koran. In der vierten Sure, und nicht nur da, war er gewalttätig. Auch die Frauen und sie besonders mochten mit dem Koran hadern. War die Frau Ackerland, das der Mann bearbeiten durfte? Der Doc stieß auch auf so genannte Hadithen, überlieferte Geschichten aus dem Leben des Propheten Mohammed. Solche Geschichten galten als moralische Richtschnur für Muslime. Mondmann stieß dabei auf eine Geschichte, die seinem eigenen Gesetz, dem Mondmannschen Gesetz, nahe kam. Der Prophet hatte gesagt: „Ich hinterlasse dem Manne keinen schädlicheren Unruhestifter als die Frauen." Mondmann hatte gesagt: „Hinter jedem gescheiterten Mann steckt eine Verrückte." Der Unterschied zwischen Mohammeds Hadith und Mondmanns Gesetz war nicht sehr groß.

30

Ob er das Hadith Mohammeds ausprobieren sollte? „Ich hinterlasse dem Manne keinen schädlicheren Unruhestifter als die Frauen." War ohne Frau nicht alles viel zu langweilig? Und lag Lissabon jetzt nicht schon so lange zurück, dass der Schock überwunden war? Hatte die Trommeltherapie nicht alle seine Chakren so weit geöffnet, dass er das Abenteuer einer neuen Begegnung wagen durfte? All diese Fragen beantwortete sich Mondmann mit einem kräftigen „Ja!". So fuhr er bei einer Pause zwischen zwei Sitzungen den Computer hoch, loggte sich ein im ‚Dating Café', überprüfte Freischaltung und Profil, klickte auf Eleonora, die Schokoladenfrau. „Nur Schokolade macht auch nicht glücklich!" hatte sie in ihrem Text geschrieben. Er hatte eine Mail für sie verfasst, aber nur gespeichert, nicht abgeschickt. Mondmann überlegte noch ein paar Sekunden, dann gab er das Bewerbungsschreiben mit seiner Handynummer frei und hatte noch hinzugefügt: „Rufen Sie mich doch bitte heute Abend gegen 20 Uhr an, wenn Sie wollen. Ich würde mich freuen." Eleonora, das hatte er im Profil sehen können, war täglich online. So war die Zeit also nicht zu knapp. Es könnte gelingen.

Am Abend hatte er die Bitte um den Anruf schon vergessen, erinnerte sich erst daran, als er eine Miniatur aus seiner Aktentasche holte. Es war ein weiteres kleines Gemälde von Blatzke, der sich für Paul Gauguin hielt. Er hatte es ihm am Nachmittag in der Sprechstunde überreicht. „Das sind zwei tahitianische Frauen", hatte er erklärt. „Die linke hat eine Schale mit Mangoblüten vor der Brust. Vor ihrer nackten Brust. Es ist übrigens meine Frau. Téha'amana. Ich nenne sie auch Tehura. Ich schenke Ihnen das Bild. Es ist allerdings nur eine Kopie, eine Zweitanfertigung. Das ursprüngliche Bild habe ich einem New Yorker Museum überlassen."

Blatzke, das musste Mondmann zugeben, hatte bei aller Verwirrtheit großes Talent. Beide Frauen strahlten eine besondere, in leuchtenden Farben gemalte Schönheit aus. Ganz besonders die mit den Mangoblüten. Sah sie nicht Eleonora ähnlich? Der Doc warf einen prüfenden Blick auf die Uhr. Es war viertel vor acht. Nein, sie würde nicht anrufen. Sie hatte wahrscheinlich viele Zuschriften erhalten und durfte sich die beste aussuchen. Nein, nicht die beste, sondern das Bild, das sie am meisten ansprach. Da musste er nicht zugehören. Gewiss war sie auch eine der Frauen, die sich als Latinatyp jüngere Liebhaber leisten konnten. Sie war groß, schlank, hatte schulterlanges krauses Haar und ziemlich sinnliche Lippen. Wie alt war sie? Er erinnerte sich nicht mehr genau an die Angabe im Profil. Auf jeden Fall ein paar Jahre jünger als er. Ende 50, Anfang 60? Sie sah aber aus wie 40.

Als er auf der Terrasse stand, die siebte Zigarette des Tages rauchte, ein Glas mit grauem Burgunder in der Hand hielt und auf die Lichter des Dorfes blickte, klingelte sein Handy. Es war zehn nach acht. Er sah auf den Display, unbekannte Nummer stand da, er drückte auf die Taste mit dem grünen Hörer, führte den Apparat ans Ohr. „Jaa", sagte er erwartungsvoll und spürte, wie er nervös wurde. „Eugenio?" fragte eine jung und weich klingende Frauenstimme. „Ja, bin ich", antwortete er etwas unbeholfen. „Eleonora?" – „Ja." Und dann machte sie einen Vorschlag, der Mohammeds Hadith zu bestätigen schien.

31

„Ich möchte ein Blind-Date", sagte sie. „Ein richtiges Blind-Date in schwarzer Dunkelheit, wo man die Hand nicht mehr vor Augen sieht."

„Blind-Date, Dunkelheit", wiederholte er überrascht. „Wie denn? Wie darf ich das verstehen?"

„Wörtlich", sagte sie und lachte. Um ihn nicht allzu lange auf die Folter zu spannen, begann sie zu erklären: „Also wir treffen uns im ‚unsicht-Bar'."

„Unsichtbar?" fragte er. „Sie meinen im Unsichtbaren?"

Sie lachte. „Ach was. Es ist eine Bar, vielmehr ein Restaurant. Das heißt so. Unsicht, Bindestrich, Bar. Man kann dort im Dunkeln am Tisch sitzen, essen und macht eine völlig neue Erfahrung mit den Menüs, die angeboten werden. Die ganze Wahrnehmung ist verändert. Auch der Geschmack. Sie kennen ja den Spruch ‚Das Auge isst mit'. Ja, und wenn das Auge nicht mitessen kann, rätselt man, was da auf dem Teller ist. Vorher, im Hellen noch, dürfen Sie sich die Richtung des Menüs aussuchen. Also, ob vegetarisch, Geflügel, Fisch, Wild und so weiter. Es ist wirklich stockdunkel. Man kann sich nicht sehen. Man weiß überhaupt nicht, wie das Gegenüber wirklich aussieht. So ein Foto im ‚Dating Café' sagt ja nicht viel aus. Und dann im Dunkeln kann man auch viel leichter und unbeschwerter miteinander reden, sich kennenlernen. Sie haben so etwas noch nie gemacht?"

„Nein", erwiderte Mondmann, noch immer verblüfft über den Vorschlag. „Aber man sieht sich doch, wenn man an den Tisch geht", wandte er ein.

„Nein. Es gibt ein Foyer, eine Rezeption, wo Sie sich anmelden, die Art Ihres Menüs aussuchen. Dann geht es durch eine Lichtschleuse, ein blinder Kellner, der sich im Dunkeln wunderbar zurechtfindet, bringt Sie an Ihren Tisch. Sie legen ihm einfach die Hand auf die Schulter und folgen ihm. Sagen Sie, dass Sie an den Tisch wollen, der für Eugenio und Eleonora reserviert ist. Um die Reservierung werde ich mich kümmern. Sie kommen dann, sitzen mir gegenüber. Wir essen, trinken, unterhalten uns. Sie werden sehen, es ist ein ganz unbeschwertes Kennenlernen, ein miteinander Vertrautwerden."

„Gut", meinte er, immer noch erstaunt über den Vorschlag. „Ja, warum nicht? Klingt spannend und ist sogar einleuchtend. Wenn man sich nicht sieht und gegenseitig mustert bei so einem ersten Treffen, spricht man unbefangener."

„Ja", bekräftigte sie. „Wir bekommen ein Gefühl für die Atmosphäre, die zwischen uns ist. Ob die Chemie stimmt. Beim zweiten Treffen kann dann das Optische kommen. Als Verstärkung der ersten Sympathie oder als Enttäuschung." Sie lachte.

„Wo ist dieses Restaurant, dieses ,unsicht-Bar'?" fragte Mondmann.

„In Köln. Sie können sich im Internet über die genaue Adresse informieren. Ich maile Ihnen den Link. Dann können Sie sich alles in Ruhe ansehen. Wollen Sie? Wollen Sie sich auf dieses Abenteuer einlassen?"

„Ja!" bestätigte er. „Gerne. Wann denn?"

„Am Wochenende besser nicht. Dann müsste man bis zu drei Monate im Voraus reservieren. Aber werktags ist das kein Problem. Montag und Dienstag sind allerdings Ruhetage. Was halten Sie von Mittwoch, nächste Woche, um 19 Uhr? Das Dinner im Dunkeln beginnt zu einer festen Zeit. Sie müssten pünktlich sein."

„Einverstanden. Also, Sie sind vor mir da. Ich melde mich an der Rezeption an, suche mir die Art des Menüs aus und lasse mich von dem blinden Kellner an den Tisch führen, an dem Eleonora sitzt."

„Genau. So starten wir unser Abenteuer. Wenn Sie nichts dagegen haben, sollten wir uns ruhig duzen. Einverstanden?"

„Einverstanden. Ach so, besser, ich habe Ihre, deine Telefonnummer. Falls etwas dazwischen kommt."

„Da kommt nichts dazwischen", sagte sie. „Ich bin auf jeden Fall da. Ich muss dir gestehen, dein Bild und deine Mail haben mir ausgesprochen gut gefallen. Keine Sorge, dieses Treffen werde ich mir nicht entgehen lassen. Wenn wir etwas vertrauter miteinander sind, bekommst du auch meine Handynummer. Du musst verstehen, ich bin da am Anfang etwas vorsichtig. Man weiß ja nie, ob das, was im Internet steht, auch wirklich stimmt."

„Ja, ja", pflichtete er bei. „Alles soll seine Zeit haben."

32

„Hoffentlich fragt sie nicht?" dachte der Doc. Aber Hildegard Gabriel fragte doch. „Was macht das ‚Dating Café'? Hatten Sie schon Ihr erstes Rendezvous?"

113

Mondmann wich aus. „So schnell geht das nicht. Ich habe nur ein bisschen bei den Bildern herumgestöbert."

„Und?" wollte seine Sekretärin wissen. „Da war etwas dabei, hat sie angesprochen?"

„Ich weiß es nicht", erwiderte Mondmann. "Von so einem Foto und einem Text kann man das nicht beurteilen. Der Text schreckt oft eher ab. Die Damen sind recht anspruchsvoll, suchen einen männlichen Akrobaten, der alle möglichen, sich widersprechenden Eigenschaften aufweist."

„Welche?"

„Na ja. Soll romantische Luftschlösser bauen können und zugleich mit beiden Beinen auf der Erde stehen. Mit dem Smoking in die Oper gehen und zugleich in Jeans auf einer Wiese liegen. In Sandalen wandern und zugleich mit dem Porsche Gas geben. Schreibt eine, sie möchte einfach nur lieben, dann, ja dann ist sie grottenhässlich. Demut mit Schönheit gepaart findet sich nicht."

Hildegard Gabriel warf ihm einen skeptischen Blick zu. „Sind nicht eher Sie zu anspruchsvoll?" fragte sie.

„Mag sein", antwortete der Doc. „Aber im Prinzip kann eine Frau sich bei mir gehen lassen. Sie kann saufen, rauchen, dummes Zeug reden und so weiter. Sie darf mir nur nicht mit Ansprüchen auf die Nerven gehen. Schon alleine eine Antwort zu erwarten auf die Frage ‚Liebst du mich noch?' stürzt mich in tiefste Ratlosigkeit."

„Da ziehen Sie es lieber vor, alleine dahin zu vegetieren?"

„Sie, liebe Frau Gabriel, sind ja auch nicht anders. Sie möchten Ihre Ruhe und keine Komplikationen mehr mit Männern. Stimmt's?"

Hildegard Gabriel wiegte den Kopf sanft hin und her. „Ach, Doc, ja, im Prinzip stimmt's. Aber dagegen hätte ich nichts, kämen noch mal so richtig Schmetterlinge in den Bauch. Aber in unserem Alter! Sie wissen ja, wie schwer das ist."

Mondmann nickte. „Ja, ja", murmelte er verständig vor sich hin. Zugleich stellte er sich vor, wie aufregend es sei, Eleonora im Stockdunklen neben sich zu haben oder gegenüber, ihre weiche, sanfte und noch so junge Stimme zu hören, ihre Figur, sollte sie es erlauben, in der schwarzen Finsternis ertasten zu dürfen. Welches Parfüm mochte sie sich in den Nacken getupft haben? Wie wäre es, ihr mit der Hand durch die krausen Haare streifen zu dürfen? Durch dieses Haar, das sich so vorzüglich für Rastalocken eignete. Bis zum Mittwoch, bis zum Treffen im ‚unsicht-Bar' waren es noch sechs Tage.

„Ach, Frau Gabriel", meinte er, um das Thema zu beenden, „ich werde Ihnen berichten, wenn sich auf diesem Gebiet etwas getan hat."

„Lassen Sie es nicht schleifen! Jetzt ist die beste Zeit. Weihnachstmärkte, Glühwein trinken."

„Weihnachtsmärkte!" Mondmann verzog das Gesicht. „Da treffe ich lieber eine Unbekannte im dunklen Wald."

Hildegard Gabriel schüttelte den Kopf. „Vorstellungen haben Sie! Eine Unbekannte im dunklen Wald!"

„Ist nur so dahingesagt. Welche Termine habe ich heute noch?"

„Noch? Sie sind gerade gekommen und es ist gerade erst zehn Uhr. Einen starken Kaffee, Doc? Was haben Sie gestern Abend wieder angestellt?"

„Nichts. Kaffee? Ja, gerne. Schwarz und süß wie Rastalocken."

Hildegard Gabriel hob die Augenbrauen. „Wovon träumen Sie? Oder wollen Sie mich veralbern? Denken Sie lieber an Ihre Termine. Davon haben Sie heute jede Menge. Um elf kommt Riddelhoff, um zwei Asbesi, für vier hat Manteuffel um ein Gespräch gebeten, um sechs will Blatzke sich wegen einer Ausstellung mit Ihnen unterhalten. Ach ja, Doc, und morgen Abend gibt es einen wichtigen Termin hier im Haus. Das Konsortium trifft sich in Ihrem Sprechzimmer. Sie wollen sich einen Eindruck verschaffen, wie die Dinge nach Ihrem Lissaboner Abenteuer laufen. Nein, Spaß beiseite! Das haben sie nicht gesagt. Sie wollen den Jahresetat besprechen. Der Herr Bankier war sogar sehr freundlich am Telefon. Sie möchten sich bitte überlegen, ob Sie Wünsche haben, was die Einrichtung des Hauses betrifft."

„So, so. Spendabel. Das Konsortium! Kommen alle drei oder nur der Banker?"

„Das hat er nicht gesagt. Er hat aber von ‚wir' gesprochen. Sie haben sich übrigens für sieben Uhr angemeldet."

„Okay, wenn's sein muss. Getränke bringen sie mit oder soll ich die besorgen?"

„Davon hat er nichts gesagt."

„Gut. Dann weiß ich Bescheid. Er wird seinen Whisky mitbringen. Gläser haben wir?"

„Selbstverständlich, Doc."

Hildegard Gabriel nickte, ging zur Seitentür, die in ihr kleines Büro führte. Im Gehen drehte sie sich noch einmal um, warf einen kurzen, prüfenden Blick auf Mondmann, der sich in seinem Bürosessel

116

zurückgelehnt hatte und sich mit der Hand über die Stirn strich. An irgend etwas arbeitete er. Irgend etwas brütete er aus. Dazu kannte sie ihn gut genug.

33

Auch wenn Mondmann sich manchmal über Routine und Langeweile beklagte, Überraschungen gab es immer wieder. So klopfte es an einem der Novembertage an der Tür seines Sprechzimmers. Er rief „Herein!" und als die Person sich zeigte, kam ein erstauntes „Professor?"

Es war nicht der Mathematikprofessor Kaplan, sondern der Bonner Literaturprofessor, den er vor einem Jahr beherbergt hatte. Der war an einem Gewissenskonflikt zusammengebrochen, weil er zwei Freundinnen hatte, sich nicht entscheiden konnte. Der Leidensdruck, andauernd Alibis zu finden und zu lügen, war dahin eskaliert, dass er sich den Frauen gegenüber offenbart und reuevoll seinen Kopf vor dem Bonner Münster auf das Pflaster geschlagen hatte. Seine beiden Freundinnen war er los. Im Haus Mondmann hatte er sich drei Monate lang regenerieren dürfen.

„Nehmen Sie doch bitte Platz", sagte Mondmann freundlich und wies auf den Stuhl gegenüber seinem Schreibtisch. „Wo drückt denn der Schuh?"

„Ach, Herr Mondmann", seufzte der Professor. „Es ist schon wieder passiert."

„Passiert? Was denn? Nein! Sagen Sie nicht, dass Sie schon wieder…"

„Doch. Die gleiche Situation. Ich hänge wieder zwischen zwei Frauen."

Der Doc verschränkte die Arme vor der Brust, lehnte sich in seinem Stuhl zurück, schüttelte den Kopf, murmelte leise „Bildung schützt vor Torheit nicht" und bemerkte dann lauter: „Ich sagte Ihnen damals doch, dass selbst der große Friedrich Schiller an dieser Nummer gescheitert ist. Aber erzählen Sie erst mal! Wie kam es dazu?"

Der Professor hob die Hände der Decke entgegen. „Es ist einfach so passiert. Nachdem ich Ihr lobenswertes Haus verlassen hatte, litt ich unter Einsamkeit. Ich besuchte ein Tanzcafé in Königswinter und lernte auch gleich eine recht attraktive Dame in meinem Alter kennen. Wir kamen uns bald näher. Ich schwor mir, treu und zuverlässig zu bleiben, nie wieder in ein solches Dilemma zu geraten wie zuvor."

Mondmann beugte sich vor, stützte die Ellenbogen auf die Schreibtischplatte. „Ja, ja", bemerkte er nur. „Erzählen Sie weiter!"

„Drei Monate ging alles gut. Dann war ich an irgendeinem Abend alleine zu Hause. Es klingelt. Eine der Freundinnen von damals steht vor der Tür."

„Sie haben Sie hereingelassen?"

„Selbstverständlich. Ich konnte ihr doch nicht die Tür weisen."

„Sicherlich. Wir sind ja erwachsen. Und weiter?"

„Nun, sie sagt: ‚Es ist noch etwas offen. Du bist doch ein Ehrenmann.‘ Ich habe genickt. Vielleicht etwas schwach, gefragt: Worum geht es denn? ‚Alles vergessen?‘ fragt sie. ‚Du hast noch Wettschulden.‘ Ach so, das meinst du. Sie müssen wissen, Herr Mondmann, wir hatten einmal eine Wette abgeschlossen. Sie hatte mich ermahnt, weniger zu trinken, auf meine Fitness zu achten. Kein Problem, hatte ich abgewunken. In drei Monaten nehme ich am Bonner Marathon teil. Ich brauche nur ein bisschen Vorbereitung. Das war prahlerisch. Ich hatte mich selbst überschätzt. Nach dem ersten Jogging hatte ich aufgegeben. Nun ja, jedenfalls hatten wir um ein Wochenende in Madrid gewettet. Ich hatte die Wette verloren. Dann kamen jene Ereignisse am Bonner Münster dazwischen. Sie wissen ja.“

„Als Ehrenmann sind Sie dann also mit ihr nach Madrid geflogen, denke ich.“

„Ja. Aber ich hatte gesagt: getrennte Zimmer im Hotel.“

„Bravo! Heldenhaft. Und?“

„Es ist schiefgegangen.“

„Verstehe. Und jetzt stecken Sie im gleichen Dilemma wie vor einem Jahr.“

„Ja.“

Mondmann faltete die Hände. „Ich sehe, Sie leiden. Sie wirken recht mitgenommen.“

„Es ist nicht nur dieser Konflikt. Ich habe versucht, mich mit Alkohol zu betäuben, zu entfliehen.“

„Verstehe. Das ist zunächst die angenehmste Lösung. In welchem Ausmaß ist das denn geschehen oder geschieht noch?“

„Ich habe ein Stammlokal in der Bonner Südstadt. Die ‚Lustige Witwe'. Ich habe dort mit dem Wirt eine Flatrate vereinbart."

„Eine Flatrate? Eine Flatrate an der Theke? So etwas habe ich ja noch nie gehört. Kenne ich nur vom Internet oder vom Telefon. Wie viel, wenn ich fragen darf?"

„Fünfhundert Euro im Monat."

Mondmann schlug sich mit der Hand an die Stirn. „Und diese Flatrate haben Sie ausgenutzt?"

„Ja."

Der Doc winkte ab. „Ich will nicht weiter nach Einzelheiten fragen. Was machen wir jetzt? Wie ich Sie kenne, können Sie sich wieder mal nicht entscheiden. Was soll ich Ihnen raten? Einen Übertritt zum Islam? Dann könnten Sie zwei Frauen dazu nehmen."

„Das wäre mir zu teuer. Haben Sie noch ein Zimmer frei?"

„Im Moment nicht. Aber ich stelle Ihnen gerne meine Finca in Spanien zur Verfügung. Die liegt allerdings in den Bergen. Sie müssten die Einsamkeit ertragen."

Der Professor schüttelte den Kopf. „Kann ich nicht. Es muss andere Lösungen geben."

Mondmann hob zuerst ratlos die Schultern. Dann stand er auf, ging überlegend im Raum umher. Am Fenster blieb er stehen. „Ja", sagte er. „Vielleicht hilft das. Trommeltherapie. Gehen Sie mindestens dreimal pro Woche zu Amadou, unserem Trommelmeister. Sprechen Sie mit ihm, lernen Sie Trommeln. Das ist im Moment das Einzige, was mir als Maßnahme einfällt. Sprechen Sie auch mit ihm! Das ist ein lebenskluger Mann."

34

Suleiman Asbesi nervte. Er blieb stoisch bei seinem „Allahu Akbar", worauf Mondmann ebenso stoisch mit „Grüß Gott!" antwortete. Dann kam er dem Afghanen höflich zur Tür hin entgegen, sagte: „Heute legen wir ein paar Grad drauf. Von der Position seitwärts drehen wir uns jetzt 45 Grad nach links und gehen halbschräg vorwärts. So gewinnen wir wieder ein Stück Normalität. Bein jetzt vorwärts!"

Aber Asbesi sah ihn nur traurig an, schüttelte den Kopf, sagte: „Geht nicht, will nicht! Wir müssen noch bei seitwärts bleiben. Das war doch auch schon ein Fortschritt. Oder, Herr Doktor?"

„Selbstverständlich. Kabul ist auch nicht an einem Tag gebaut worden."

Asbesi setzte sich, hob den Zeigefinger. „Herr Dr. Mondmann, ich habe eine sehr wichtige und sehr energische Bitte. Wenn Sie die Krippe im Foyer erlauben, dann müssen Sie auch einen Raum des Hauses als Moschee einrichten, ich meine als islamischen Gebetsraum. Sie werden hier ja über genügend Möglichkeiten verfügen."

„Tut mir leid", entgegnete Mondmann. „Alle Räume sind belegt."

„Dann funktionieren Sie doch bitte die Lasterhöhle um. Ich meine, da, wo die Spielkarten gedroschen und fürchterlich geflucht wird."

„Ich kann den Männern nicht den Kartenraum wegnehmen. Aber ich habe nichts dagegen, wenn Sie sich in ihrem eigenen Zimmer entsprechend einrichten. Das steht Ihnen selbstverständlich frei.

Richten Sie den Teppich nach Mekka aus! Schmücken Sie den Raum, womit Sie wollen!"

„Herr Dr. Mondmann, haben Ihre Vorgesetzten nicht gesagt, dass der Islam zu Deutschland gehört? Dann handeln Sie bitte auch so."

Mondmann stützte die Ellenbogen auf den Schreibtisch, faltete die Hände. „Herr Asbesi, jetzt hören Sie mir einmal gut zu. Erstens sind das, wen immer Sie meinen, nicht meine Vorgesetzten. Zweitens ist dieser Satz Unsinn. Der Islam gehört nicht zu Deutschland. Wir sind ein christliches Land, wenigstens auf dem Papier. Gegen einen Dialog der Religionen hätte ich nichts, auch nichts gegen ein tolerantes Miteinander. Aber dazu müssten Sie erst einige Passagen im Koran revidieren. Sonst geht das nicht. Solange Sie nicht ausdrücklich auf Gewalt verzichten, will ich mit Ihrer Religion nichts zu tun haben. Eine christliche Krippe ist mir lieber als eine Kalaschnikov oder ein Sprenggürtel. Sie können mir auch tausendmal beteuern, dass der Islam mit so etwas nichts zu tun hat. In eurem Manifest, im Koran, steht es anders. Und genau darauf berufen sich ja die Radikalen. Oder soll ich sagen: die Strenggläubigen? Eure Religion ist mir einfach zu intolerant. Manchmal kommt mir auch der Verdacht, dass sie nichts ist als eine Erfindung arabischer Fürsten, um das Volk zu unterdrücken."

Asbesi sah Mondmann mit großen Augen und leicht geöffnetem Mund an. Dann antwortete er empört: „Aber Herr Doktor, Sie haben doch gar keine Ahnung vom Islam. Kommen Sie doch einmal zu uns nach Tannenbusch und lernen Sie den Islam kennen! Diskutieren Sie mit unserem Imam. Der Koran ist Gottes Offenbarung. Wir können da nicht einfach Sätze streichen und Suren korrigieren."

„So, so, Gottes Offenbarung! Ungläubige zu töten. Wenn das eine göttliche Offenbarung sein soll, glaube ich an den Mann im Mond."

„Sie müssen nicht alles glauben, was die Presse schreibt, Herr Dr. Mondmann. Kommen Sie einmal zu uns nach Tannenbusch zu einer Veranstaltung. Wir machen Grillfeste, Fußballturniere. Sie bekommen auch ein Gratisexemplar des Koran und können alles authentisch nachlesen."

„Nach Tannenbusch?" fragte Mondmann zurück. „Ins Mekka der Salafisten? Nein, Herr Asbesi. Wir überlegen jetzt lieber, wie Sie wieder normal vorwärts gehen können. Bleiben Sie sitzen und schwingen Sie abwechselnd beide Beine nach vorne. Versuchen Sie's! Stellen Sie sich vor, Sie würden Sitzfußball spielen oder jemanden treten wollen. Und wenn Sie das im Sitzen geschafft haben, versuchen wir das im Stehen. Wir kriegen das schon wieder hin, und die Religion lassen wir solange beiseite. Ich zähle bis drei. Dann treten Sie mit links los. Eins, zwei, drei... Ja, bravo! Geht doch!"

35

Die beiden anderen Gesprächstermine waren weniger nervig. Sie waren auch erheblich kürzer. Manteuffel eröffnete dem Doc, dass er großen Gefallen am Snooker gefunden habe und Profi

123

werden wolle. Bei dieser Sportart sei das ja auch noch im fortgeschrittenen Alter möglich.

„Sie haben die Profis einmal spielen sehen?" hatte Mondmann gefragt.

„Nein, muss ich das?"

„Wäre hilfreich", riet der Doc. „Bei Eurosport werden öfter Snookerturniere übertragen. Den Fernsehraum kann ich ja auch dafür öffnen, nicht nur wenn es Fußball gibt. Bisher habe ich das aber nicht gemacht, um meine Gäste nicht zu entmutigen."

„Ein Manager schafft alles", erklärte Manteuffel großspurig. „Herr Doktor, das war es. Mehr wollte ich Ihnen heute gar nicht erzählen. Ach ja, eins noch. Es gefällt mir gut in Ihrem Haus."

Mit raschen, elastisch federnden Schritten hatte Manteuffel das Sprechzimmer verlassen.

Wie anders betrat dagegen Riddelhoff den Raum. Er schlich mehr, als dass er ging. Eine Zentnerlast schien auf seinen Schultern zu ruhen. Die Mundwinkel hingen herunter, die Stirn war von zahlreichen Falten zerfurcht.

„Ist das denn wirklich so schlimm mit Ihrer Frau?" hatte Mondmann mitleidvoll gefragt.

„Ach, Herr Doktor, ich trau mich einfach nicht, ihr meine Wünsche zu sagen. Sie hat so was Ehrerbietendes, Distanziertes. Da komme ich mir immer schmutzig vor, wenn ich was von ihr will. Ja, und dann bin ich den ganzen Tag unruhig und irgendwann überkommt es mich. Ich stehle Geld von ihr und laufe zu Jenny. Dieses Mönchskraut, das Sie mir verschrieben haben, hat mich total deprimiert. Der Trieb fehlte mir. Ich habe es, wie sie empfohlen haben, abgesetzt. Aber jetzt quält mich der Trieb wieder. Ich habe gar keine Lust mehr zu leben."

„Bedenklich, bedenklich!" Mondmann strich sich mit der rechten Hand über das Kinn. „Was machen wir denn da bloß? Soll ich noch einmal mit Ihrer Frau reden?"

Riddelhoff schüttelte den Kopf. „Das hilft nicht. Da wird sie nur noch mehr sauer."

„Und Ablenkung durch Spielen?"

„Der Trieb ist stärker."

„Ich glaube", konstatierte Mondmann, „das Einzige, was bei Ihnen hilft, ist eine andere Frau. Tut mir leid, das so krass zu sagen. Aber ich sehe keinen anderen Weg. Die Ausschaltung des Triebes funktioniert nicht. Dann sind Ihre ganzen Lebensgeister lahm gelegt. Den Trieb beibehalten macht sie unruhig, nervös. Ziehen Sie Bilanz hinsichtlich Ihrer Ehe. Die bringt Ihnen offensichtlich nur Kummer und Verdruss."

„Neue Frau? Herr Doktor, wo denn, wie denn?"

„Treten Sie einem Internetforum bei. Ich meine da, wo man Partner sucht."

„Ich kenne mich mit Computern nicht aus."

„Belegen Sie einen Tanzkurs."

„Ich mag nicht tanzen."

„Melden Sie sich in der Bonner Volkshochschule an zum Yoga. Da sind immer mehr Frauen als Männer."

„Ach, Herr Dr. Mondmann, ich bin zu schüchtern."

Mondmann hob beide Arme der Zimmerdecke entgegen. „Tja, mein lieber Herr Riddelhoff, was soll man denn da machen? Ich weiß auch nicht mehr weiter. Außer, nehmen Sie einen Job an, tragen Sie Zeitungen aus, verbessern Sie Ihre Rente, besuchen Sie mit dem Geld Jenny. Da sind Sie ja nicht zu schüchtern zu. Ich kann Ihnen leider keine Frau per Rezept verschreiben."

36

Mondmanns Klientel kam überwiegend aus der Mittel- und Oberschicht der Gesellschaft. Es waren Beamte, Angestellte, Handwerker, Selbstständige. Auffallend viele Lehrer waren darunter. Offensichtlich waren die Schulen zum Tollhaus der Nation geworden. Die Männer litten unter Burn Out, Wahnvorstellungen oder kamen schlicht mit der Sinnfrage des Lebens nicht mehr klar. Diese Sinnfrage stellte sich mit zunehmendem Alter immer schärfer. Altersmäßig herrschten die fünfziger und sechziger Jahre vor. Auffallend war hier, dass diese Generation der Männer nicht mehr mit den Frauen klar kam. Es waren die Nachfolger der Väter, die aus einem verlorenen Krieg gekommen waren und den Zusammenbruch des Patriarchats erleben mussten. Es waren zerrüttete Figuren, die aus Beziehungen ausbrachen, weil sie diese nicht mehr ertrugen oder die von ihren Frauen schlicht vor die Tür gesetzt worden waren. Das zehrte und zerrte am Selbstbewusstsein, das bei einer Skala von 0 bis zehn meist um den Nullpunkt herumdümpelte. Ausnahmen waren die Männer mit den Wahnvorstellungen, die sie sich als Kompensation zugelegt hatten. So war etwa Kaplan zum globalen Linguistikforscher aufgestiegen und Donrath fand täglich neue Meteoriten. Unter Mondmanns Gästen war auch ein Adliger, Richard von Wallersheim, der unter einer tiefen Depression litt, die Mondmann in diesem speziellen Fall als Prinz Claus-Syndrom bezeichnete. Wallersheim entstammte einem verarmten Eifeler Landadel, hatte eine reiche Frau geheiratet, die schärfer auf den Adelstitel war als auf den Mann. Der schon sechzigjährige Richard litt zunehmend darunter, zumal seine Frau ihn offensichtlich quälte und ihm jeden Morgen beim Frühstück seine Nutzlosigkeit vor Augen stellte. Die Frau, Adelheid von Wallersheim, legte ihrem Mann jeden Morgen einen Zettel zu den Brötchen mit Fragen, die er gefälligst zu überdenken hatte, aber nicht lösen konnte. Solche Fragen waren zum Beispiel: ‚Wie werden wir glücklich in einer immer komplizierteren Welt?' - ‚Wie finden wir uns selbst?' - ‚Wie werden wir weiser und gelassener?' - ‚Wie überleben wir Abschied und Verlust?'. Die Fragen waren im Prinzip sinnvoll. Jedoch wurden sie zu einer Manie, mit der Richard von Wallersheim jeden Morgen gequält wurde, wenn er nichts anderes im Sinn hatte, als ein Brötchen zu essen, eine Tasse Kaffee zu trinken und eine Zigarette zu rauchen. Wallersheim, der keinen Beruf gelernt hatte, war abhängig von einer sehr bestimmenden Frau, die mit ihrem Geld die Richtlinien des Lebens legte. Dass sie ihm schließlich den Aufenthalt bei Mondmann finanzierte, war eine nette caritative Tat.

„Was soll ich nur machen?" hatte Wallersheim gejammert. „Der Weg zur Weisheit ist mir verschlossen. Ich kann mit diesen Fragen nichts anfangen. Ich kann sie auch nicht beantworten. Solange ich das nicht kann, verachtet sie mich. Können Sie diese Fragen beantworten?"

Mondmann hatte gesagt: „Nun ja, ich würde mich bescheiden. Ich würde darauf hinweisen, dass ich gemäß der zehn Gebote lebe. Das müsste doch schon reichen. Was kann ein Mensch mehr tun?"

„Ah, das ist gut", hatte von Wallersheim geantwortet. „Wo finde ich diese Gebote?"

Mondmann unterdrückte die Bemerkung: „So etwas weiß man eigentlich." Statt dessen entgegnete er: „Finden Sie in der Bibel, im Buch Mose. Oder weisen Sie Ihre Frau darauf hin, dass alles schon in der Bergpredigt steht. Die finden Sie im Neuen Testament. Ein Exemplar der Bibel liegt in unserer kleinen Bibliothek aus. Schreiben Sie sich das ab oder lernen es auswendig und antworten sie so Ihrer Frau. Mit der gleichzeitigen Frage, ob sie, also Ihre Frau, ebenso danach lebt. Die zehn Gebote ergänzen Sie bitte um ein elftes. ‚Du sollst deinen Mann beim Frühstück nicht mit Fragen quälen!' Vielleicht haben Sie dann ein für alle Male Ruhe. Aber bis dahin kommen Sie erst einmal in unserem Haus zur Lebensfreude zurück. Singen Sie, spielen Sie, trommeln Sie!"

37

Nicht immer trug die Frau die Schuld am zerrütteten Zustand ihres Mannes. Manche Fälle lagen komplizierter. So etwa bei dem Ingenieur Hermann Willich, der sich nach seiner Verrentung nicht vom Beruf lösen konnte, sondern zu Hause kostspielig und intensiv weiterforschte und seine Frau mit seiner Genialität überforderte. Die Frau hatte es eines Tages nicht mehr ausgehalten und war laufen gegangen. Woraufhin Willich nicht mehr zu weiteren Forschungen fähig war, sich eine heftige Depression zuzog und in einer Sinnkrise seines Lebens steckte.

Willich war mit einer Mappe voller Zeichnungen in Mondmanns Sprechstunde erschienen, hatte ihm die Mappe auf den Schreibtisch gelegt, gesagt: „Sehen Sie sich das an, Herr Doktor. Das sind alles meine Erfindungen seit meiner Verrentung. Ich wollte meiner Frau und mir damit Reichtum bescheren, aber sie hat die Geduld verloren."

„Ja, will ich mir mal ansehen, was Sie da Schönes erfunden haben", hatte Mondmann geantwortet und begonnen, in der Mappe zu blättern. Nach dem ersten Studium bat er Willich, ihm die Zeichnungen zu erklären. „Partnerschaftliche Krücke? Was ist das? Ich sehe hier eine zweigabelige Gehhilfe. Oder täusche ich mich?"

„Nein, nein. Das ist richtig so. Das haben Sie richtig erkannt. Das ist ja noch die einfachste Erfindung von allen."

Willich hatte ihm die Mappe aus der Hand genommen, war mit seinem Stuhl um den Schreibtisch herum zu Mondmann gerückt und begann zu erklären. „Sehen Sie, Herr Doktor, es kommt gar nicht so selten vor, dass beide Ehepartner gehbehindert sind. Hier liefert die zweigabelige Krücke ein Gemeinschaftserlebnis. Statt getrennt nebeneinander her zu humpeln, haben beide eine gemeinsame Gehhilfe, deren Bedienung sie harmonisch koordinieren müssen. Auf jeder Seite der Gabel ist ein Griff und eine Armstütze, aber, wie Sie sehen, muss man beim Gehen einen gemeinsamen Takt finden. Das ist so ähnlich wie beim Tandem. Meine Gehhilfe ist nicht nur ein mechanisches Hilfsinstrument, sondern auch ein therapeutisches."

„Verstehe", murmelte Mondmann. „Da wird das gemeinsame Gehen zu einem Erlebnis. Aha, und hier!" Der Doc hatte die Seite umgeblättert. „Das sieht komplizierter aus. Ingmarsches Reagenz? Sie beschäftigen sich auch mit Chemie?"

„Ja. Aber mit einer sinnvollen. Wir kennen doch alle dieses Erlebnis, wenn das Essen einmal zu scharf ist. Vor allem, wenn man asiatische Länder bereist. Man verbrennt sich leicht die Speiseröhre. Wissen Sie, schuld an der Schärfe ist das Capsaicin. Das Ingmarsche Reagenz reagiert farblich mit Capsaicin. Je mehr Capsaicin in der Mahlzeit ist, desto intensiver ist eine violette Färbung. Gut, dachte ich mir. Da entwickelst du Papierstreifen, die man, bevor man auch nur einen Bissen zu sich nimmt, in das Essen taucht. Man zieht das Papier wieder heraus, betrachtet die Farbe und vergleicht ihre Intensität mit einer Farbskala von Null bis zwölf. Danach kann man sich entscheiden, ob man die Mahlzeit zu sich nimmt oder nicht."

„Genial!" Mondmann nickte anerkennend. „Ist ja so ähnlich wie bei der Messung des pH-Wertes, wenn es also um alkalisch oder sauer geht. Richtig?"

„Ja", antwortete Willich. „Ich sehe, Sie kennen sich auch aus."

Mondmann hatte ihm die Mappe aus der Hand genommen, blätterte wieder, las die Überschriften zu den Zeichnungen. „Interessant", murmelte er. „Elektrischer Schuhauszieher, expressionistischer Malapparat, barmherzige Fliegenfalle. Sie kommen vielleicht auf Ideen! Wie geht das denn? Barmherzig und Falle?"

„Na ja, es war mir zuwider, mit der Klatsche diesen Plagegeistern hinterher zu jagen und sie zu erschlagen. Da habe ich ein Stück Ofenrohr genommen, es mit einer Klappeneinrichtung versehen. War die vordere Klappe offen, dann war die hintere geschlossen. Dann habe ich in die Wohnzimmerwand, die gartenwärts liegt, ein Loch geschlagen, das Ofenrohr hindurch geschoben."

„Aha, da war Ihre Frau bestimmt nicht begeistert von", unterbrach ihn Mondmann.

„Sie hat etwas gemurrt, gemeint, das sehe hässlich aus. Aber ich habe ihr den Nutzen erklärt."

„So? Und der ist?"

„Ganz einfach. An der Innenklappe, also der im Wohnzimmer, hängt eine Schnur, mit der ich die Klappe öffnen und schließen kann. Sie müssen wissen, dass das Loch in der Wand knapp unterhalb der Zimmerdecke ist. Also, ich hatte herausgefunden, dass mit Honig bestrichener

Schimmelkäse für Fliegen unwiderstehlich ist. Von dieser Delikatesse wird ein Stück in das Ofenrohr geschoben. Die Fliege begibt sich vom Wohnzimmer in das Rohr. Ich ziehe an der Schnur, schließe die inwändige Klappe. Die draußen öffnet sich. Die Fliege kann nicht mehr ins Zimmer, aber nach draußen. Bei diesem Verfahren muss man nicht zum Mörder werden. Die Zimmerklappe öffnet man übrigens nur, wenn man durch eine Fliege gestört wird. In der übrigen Zeit lässt man sie lieber zu. Der Schimmelkäse riecht nicht gerade angenehm. Nun, einmal ist allerdings ein kleines Malheur passiert. Die Innenklappe war länger geschlossen. Dann aber gab es wieder eine Fliege. Ich ziehe an der Schnur. Die Klappe öffnet sich, die außenwärts schließt sich. Da springt mir plötzlich ein Marder über den Kopf, jagt durch das Wohnzimmer, verschwindet. Irgendwie hat das blöde Vieh den Weg auf den Dachboden gefunden und die Familie nachgeholt. Seitdem haben wir nachts ziemlich viel Lärm über unseren Köpfen. Marder spielen nachts nämlich Fangen."

„Barmherzigkeit hat ihren Preis", kommentierte Mondmann. „Aber wir wollen jetzt nicht jede Erfindung durchgehen. Sagen Sie mir, bei welcher Ihre Frau die Nerven verloren hat." Der Doc reichte ihm die Mappe zurück.

„Bei der letzten Erfindung", seufzte Willich. „Bei der Nummer 47." Der Ingenieur blätterte, reichte Mondmann die Mappe zurück. „Hier sehen Sie! Sie erkennen es?"

„Nicht ganz. Sieht aus wie eine Kloschüssel mit einem mächtigen Blasebalg oder einer riesigen

Ziehharmonika hintendran. Und darüber haben wir die Spülung, wenn ich es richtig erkenne."

„So ist es. Sie kennen dieses Spaßinstrument auf der Kirmes, Rodeoreiten auf einem wilden, hölzernen Stier, der durch eine Hydraulik hin und her bewegt wird?"

Mondmann nickte. „Ja, ja, wer kennt das nicht."

„Sehen Sie, das ist auch bei meiner Erfindung so. Es ist ein durch Hydraulik bewegtes Rüttelklo. Deshalb der Blasebalg oder die Ziehharmonika, wie Sie das genannt haben."

„Aha. Wenn ich Sie richtig verstehe, wollten Sie die menschliche Notdurft zu einem Erlebnis machen?"

„Nein. Es geht um Gesundheit. Das Rütteln löst Verstopfungen."

„Und das ist schiefgegangen?"

„Ja. Die Hydraulik arbeitete noch nicht mit der richtigen Geschwindigkeit, rüttelte zu wild. Meine Frau war meine erste Probandin. Sie ist verunglückt."

„Aha. Und? Verletzt?"

„Nein. Nur eine kleine Prellung. Sie wurde von der Schüssel geschleudert und hat mit ihrem Allerwertesten die Fliesen geküsst. Sie hat mich sofort beschimpft: ‚Du Idiot! Wir hatten acht Überschwemmungen im Bad. Achtmal musste der Klempner kommen. Handwerker sind teuer. Statt im Winter mit mir auf die Kanaren zu fliegen, verplemperst du unser Geld mit gefährlichen Erfindungen. Ich habe die Schnauze voll.' Na ja, dann hat sie ihre Tasche gepackt, ist zu einer Freundin gezogen. Seitdem war ich mit meiner Arbeit blockiert, kam keinen Schritt weiter, habe nur noch am Fenster gesessen, auf die Straße gestarrt, gewartet, dass sie zurückkommt."

„Ist sie aber nicht. Oder?"

„Nein. Sie wollte noch nicht einmal mit mir telefonieren."

„Verstehe", sagte Mondmann. „Tragisch. Aber finden Sie sich damit ab. Manche Frau weiß die Genialität ihres Mannes nicht zu schätzen. Erholen Sie sich bei uns, Herr Willich!"

38

Mondmann fieberte dem Rendezvous mit Eleonora entgegen. Die Zeit schlich ihm zu langsam dahin. So langsam, wie er es als Kind erlebt hatte, wenn es bis zum Heiligen Abend, bis zur Bescherung unterm Weihnachtsbaum nur noch ein paar Stunden waren. Es war Freitagnachmittag, die Gesprächstherapie beziehungsweise das helfende Zuhören war vorüber. Jetzt stand nur noch der Termin mit dem Konsortium der Klinik an.

Das Konsortium war ein Kreis, der sich vom Studium her kannte. Es waren drei Personen. Sie waren auf die Idee gekommen, dass sich mit der Psychiatrie in Deutschland gut verdienen ließe. Da war als Vorsitzender ein Bankier, der eine repräsentable Villa am Rhein in Bad Godesberg besaß. Sein Geld hatte er mit einer Privatbank zu der Zeit gemacht, als Bonn noch Regierungshauptstadt war und sich zahlreiche Botschaften im Umkreis befanden. Nicht nur die Araber, sondern auch die Albaner hatten Millionenbeträge mit Hilfe der Privatbank Dillinger verschoben. Jetzt hatte er nichts mehr mit Bankgeschäften zu tun, widmete seine Zeit vor allem dem Golf und dem Tennis, um fit zu bleiben. Der zweite im Bunde war der Möhrenbaron. Er hieß so, weil er am Niederrhein Felder für ein Jahr pachtete und ausbeutete, Möhren pflanzen und ernten ließ und diese, in Dosen konserviert, an Supermarktketten verkaufte. Dass er die Felder damit ruinierte, kümmerte ihn wenig. Der dritte war nicht ganz so reich wie die ersten beiden, aber er hatte ein gutes Auskommen und vor allem ein hohes Ansehen. Er war Kardinal im Vatikan. Sie nannten ihn den Monsignore. Mondmann hatte zur Studentenzeit locker dazugehört, eher als Außenseiter, bis man ihn für die Idee mit der Klinik brauchte.

Die psychiatrische Spezialklinik brachte einen guten Gewinn. Jeder der drei kassierte monatlich 10 000 Euro vor Steuern und rührte dafür keinen Finger. Die Arbeit lastete auf den Schultern Mondmanns. Und der konnte, was das Finanzielle betraf, auch nicht klagen. Mondmann gehörte nicht zum Konsortium dazu. Er war sozusagen der Diener des erlauchten Kreises.

Zu Mondmanns Überraschung kam der Bankier alleine. „Die anderen beiden", entschuldigte er, „haben mal wieder keine Zeit. Monsignore hilft bei einer neuen Enzyklika, der Herr Baron hält Ausschau nach neuen Feldern. Sie müssen heute Abend mit mir Vorlieb nehmen, verehrter Doktor."

Der Banker lächelte verschmitzt, öffnete eine Aktentasche, die er immer mit sich führte, entnahm ihr eine Mahagonibox. Mondmann kannte das Ritual. In der Box befand sich ein ausgezeichneter 50jähriger schottischer Whisky.

„Gläser?" fragte der Banker.

„Selbstverständlich." Mondmann begab sich in das Büro von Frau Gabriel, kehrte mit zwei Whiskygläsern zurück.

„Sie kennen ja dieses edle Getränk", sagte der Banker. „Ich muss nichts mehr dazu erläutern. Außer, dass es jetzt einen ganz besonderen Anlass gibt." Er warf einen prüfenden Blick auf Mondmann, bemerkte: „Na, Sie sehen ja wieder ganz normal aus. Wenn ich an Lissabon denke… Da waren Sie ja schwer durch den Wind."

„Verständlich", erwiderte Mondmann. „Die Zigarette hatte mich einfach umgehauen."

Der Banker nickte. „Gut, dass es sozusagen einen physischen und keinen psychischen Anlass gibt. Alles also wieder normal, Doc?"

„Ja, alles wieder normal."

„Gott sei Dank. Das darf ich so auch den beiden anderen berichten. Die waren nämlich in großer Sorge, ob das nach Lissabon wieder funktionieren könnte. Das tut es offensichtlich. Aber ein kleiner Wermutstropfen vorweg. Die Stadt Bonn hat mir als dem Vorsitzenden des Konsortiums geschrieben. Es gibt leider eine Beschwerde. Ein Herr Asbesi hat sich beklagt. Unser Haus sei doch konfessionslos, zur Neutralität verpflichtet. Da könne man keine Krippe aufstellen. Er fühle sich als Moslem beleidigt."

„Was soll das denn?" bemerkte Mondmann erstaunt. „Darf man neuerdings in diesem Land keine Krippe mehr zur Weihnachtszeit aufstellen?"

„Ich weiß, Doc. Ich weiß. Die spinnen hier alle, geben nach und nach abendländisches Kulturgut preis. Es ist ein sensibles Thema. Inzwischen wird auch viel Geld ausgegeben, um das Problem mit den Salafisten in den Griff zu bekommen. Bonn ist ja ihre Hochburg. Mit deutscher Gründlichkeit ruft die Stadt zum Schutz der Jugend vor dem radikalen Islam Projekte ins Leben wie ‚Rheinflanke', ‚Wegweiser', ‚Ich und Du'. Es gibt einen Präventionstopf des Bonner Stadtrates, mit dem sie so etwas finanzieren. Sie werden das ja aus der Zeitung kennen. Täglich gibt es neue Schlagzeilen. Das mit der Krippe ist eine Bagatelle. Lassen Sie die einfach stehen. Wir stellen auch keinen Tannenbaum mit einem Halbmond oben ins Foyer. Sollen wir Rücksicht auf die Salafisten nehmen? Nein! So, deswegen bin ich aber nicht gekommen. Worum es geht: Ich möchte den Wert des Hauses steigern, in zusätzliche Einrichtungen investieren, vielleicht sogar in gebäudemäßige Erweiterungen. Gibt es Vorschläge?"

„Ja, habe ich jetzt ganz spontan, nachdem ich das mit Asbesi und der Behörde gehört habe. Ich möchte gerne eine kleine Jakobuskapelle neben dem Haus. Jakobus der Ältere, der Pilgerapostel, der in Santiago de Compostela. Täte meinen Patienten gut, sich ab und zu in die Stille einer schlichten Kapelle zurückziehen zu können. Wenn die Kapelle fertig ist, ist Herr Asbesi schon lange aus dem Haus. Er macht gute Fortschritte und wird bald entlassen. Von der Seite gibt es also keinen Ärger mehr."

„Hmm. Ungewöhnlicher Vorschlag. Ich dachte eher an neue Therapieräume. Aber in Ordnung. Wie wäre es mit einer Kapelle, die in das Haus integriert, also nicht abgetrennt ist?"

„Auch gut", antwortete Mondmann.

Der Banker nahm einen großen Schluck Whisky, sah Mondmann über den Rand des Glases an. „Ich würde jetzt gerne durch das Haus gehen", sagte er. „Ich will auch ein paar Aufnahmen machen. Die brauche ich für unsere beiden Freunde. Damit die sozusagen im Bilde sind. Wir fangen im Foyer an."

Hier verweilte der Banker am längsten, lief mit federnden Schritten die getafelten Wände entlang, machte hier auch die meisten Aufnahmen, während der Rest des Hauses ihn weniger zu interessieren schien. Mondmann machte sich darüber zunächst keine großen Gedanken.

39

Das Mondmannsche Haus war das ehemalige Anwesen einer Kötterfamilie, die vor langer Zeit auf dem Venusberg, als es dort noch keine Klinikgebäude gab, ihren Hof hatte. Kötter waren Kleinbauern gewesen, die sich mit Bauerngärten und Kleinvieh über Wasser gehalten hatten. Das Haus war ein vierständiger Fachwerkbau mit einer Mitteldeele und einem Seitengang, einer so genannten ‚Kübbung'.

Über dem Balken am Eingang hatte man den geschnitzten Spruch gelassen, der eine gewisse Eigentümlichkeit besaß und nicht den üblichen Schutzanliegen entsprach, sondern etwas melancholisch Philosophisches bewahrte. Er lautete:

„Dies Haus ist mein und doch nicht mein. Dem's vor mir war, war's auch nicht sein. Er ging hinaus, ich ging hinein. Nach meinem Tod wird's auch so sein."

Die Kötterfamilie hatte das Wohnhaus, was die Räumlichkeiten betraf, recht großzügig gestaltet, und man hatte sogar, ganz im Gegensatz zum üblichen eher schlichten Kötterstil, nicht auf farbig ausgemalte Schnitzereien verzichtet, die man sonst eher in Patrizierhäusern erwartet hätte. Das Konsortium war damals auf Mondmanns Anraten überein gekommen, den Stil des Hauses zu bewahren, es nicht abzureißen, um eine moderne, aber eher sterile Klinik zu errichten, sondern das Anwesen aufwendig zu restaurieren. Ein Großteil der alten Substanz konnte weiter verwendet werden. Das Flechtwerk in den Zwischenwänden und einige Balken, insbesondere die in Bodennähe, mussten indes erneuert werden. Ebenso wie der marode Dachstuhl. Das Anwesen, das aus dem 17. Jahrhundert stammte, war eigentlich zweigeteilt, das heißt, es gab zwei größere Gebäude. Das Konsortium einigte sich darauf, beide Gebäude durch einen Mittelteil im harmonischen Fachwerkstil zu verbinden. Der Banker hatte damals, in seinen besseren Zeiten, als es die Botschaften in Bonn noch gab, klug gehandelt und keine Kosten gescheut. Die Mondmannsche ‚Anstalt' hatte nichts von der sonst üblichen Atmosphäre einer Klinik oder staatlichen Psychiatrie, sondern wirkte eher wie ein gemütliches Erholungsheim, was auch vorzüglich zum Mondmannschen Therapieprogramm passte. Manchmal kamen sogar Hoteliers, um das Anwesen zu begutachten und sich Anregungen für eigene Verbesserungen zu holen.

Der Banker, wie gesagt, widmete sich an diesem Freitagabend ausführlich dem Foyer. „Hier, wenn wir das so machen", erklärte er, „werden wir einen kleinen Anbau für die Kapelle errichten. Also, man betritt das Foyer und geht gegenüber der Pförtnerloge in die Kapelle. Doc, an welchen Baustil hatten Sie gedacht? Barock, modern, gotisch?"

„Gotisch? Nein, eher etwas romanisch Schlichtes."

„Hmm. Gut. Wir kommen mit 100 000 Euro hin? Die würden wir nämlich investieren wollen."

„100 000 Euro?" Mondmann wunderte sich wieder. „Die Hälfte reicht. Dann bleibt noch genug Geld für die Inneneinrichtung. Für ein paar schöne Skulpturen, für Fresken an den Wänden. Es sollen hier ja keine großen Versammlungen abgehalten werden. Es ist eher ein Rückzugsraum für jemanden, der Andacht und Stille sucht."

Die Krippe und Asbesis Eingabe bei der Stadt schien der Banker vergessen zu haben. Er gab sich großzügig und gut gelaunt. „50 000 Euro sind zu wenig. Seien Sie nicht so bescheiden! Auch bei der Einrichtung der Kapelle werden wir nicht sparen. Das sollte ruhig ein kleines Juwel werden.

Allerdings… Kunstschätze muss man schützen. Gibt es eigentlich hier im Foyer eine Kamera, eine Überwachungsanlage? Was ist, wenn der Pförtner so wie jetzt nicht anwesend ist?"

„Kamera? Überwachungsanlage? Nein. Wozu? Wer sollte sich für unsere Psychiatrie interessieren? Hier gibt es nichts zu klauen. Ab 22 Uhr wird die Eingangstür abgeschlossen. Da wir ein offenes Haus sind, hat natürlich jeder Patient einen Schlüssel."

Der Banker hatte zu dieser Ausführung genickt. „Gut. Da können wir ja später noch drüber nachdenken."

Im Foyer hatten sie sich fast eine halbe Stunde aufgehalten. Die Besichtigung der anderen Räumlichkeiten war dagegen in fünf Minuten erledigt. Mondmann führte diese Art der Begehung zunächst darauf zurück, dass der Banker rasch wieder in das Sprechzimmer wollte, wo der edle schottische Whisky wartete. Aber da hatte er sich getäuscht. Der Banker packte die halbleere Flasche wieder in die Mahagonibox, die Mahagonibox in seine Aktentasche. Dann sah er auf die Uhr, murmelte etwas von einem weiteren Termin und verabschiedete sich rasch. Auf die Entfernung der Weihnachtskrippe und den Konflikt mit Asbesi war er nicht mehr zu sprechen gekommen.

40

Das Wochenende schlich so dahin. Vor allem der Sonntag hatte wie stets eine seltsame unlebendige Atmosphäre. Nichts rührte sich. Der Himmel war, typisch für den Dezember, grau verhangen. Ab und zu regnete es. Die Bäume sahen ohne Blätter traurig aus. Die Wiesen zeigten ein mattes Grün. Wäre es wenigstens kalt gewesen und schneeweiß, so wie die Winter früher einmal waren, hätte man einen frischeren Eindruck von der Natur gehabt. Unter einem Kleid von Schnee wäre sie wie das unschuldig schlafende Schneewittchen gewesen und die kalte Luft hätte auf die eigenen Wangen ein frisches Rot getrieben. So aber dümpelte die Temperatur die ganzen Tage über zwischen acht und vierzehn Grad. Es war weder Sommer noch Winter noch Frühling noch Herbst. Die Jahreszeit Null hatte sich eingestellt und machte der Seele zu schaffen. Mondmann kam wieder sehr ins Überlegen, alles an den Nagel zu hängen und sich nach Sayalonga auf seine Finca zurückzuziehen. Aber damit war das Problem nicht gelöst. Nur der Himmel war dort blauer. Die Langeweile aber blieb. Ob vielleicht Eleonora auswanderwillig wäre? Alleine auf der Finca zu hocken schien dem Doc nicht sehr attraktiv zu sein. Überhaupt sah es so aus, als triebe das Leben mit zunehmendem Alter mehr und mehr der Langeweile entgegen. Was recht normal und natürlich war, denn man hatte schon viel gesehen, viel erlebt und jetzt kamen nur noch Wiederholungen des ewigen Einerleis. Es war nur gut, dass man jeden Tag in den Spiegel sah und den Alterungsprozess auf diese Weise nicht genau mitbekam. Denn der war bei täglichem Hinschauen eine unmerkliche Veränderung. Würde man dagegen alle zehn Jahre einmal in den Spiegel schauen, bekäme man einen Schreck und würde sich sagen: „Das bin ich nicht!"

Ob er sich wenigstens einen Hund anschaffen sollte, dachte Mondmann bei einem Spaziergang durch den Wald. Aber das Tier wäre tagsüber alleine, würde auf ihn warten. Vielleicht könnte er den Vierbeiner mit in die Anstalt nehmen. Er würde im Sprechzimmer unter dem Schreibtisch liegen, sich ruhig verhalten oder auch nicht. Manchen Patienten beziehungsweise Gast würde er indes anknurren, und das ging natürlich nicht, störte die Therapie. Ein Hund, nein, ein Hund war auch nicht die Lösung für Langeweile und Einsamkeit. Da würde er es lieber noch einmal mit einer Frau versuchen. Auch wenn das gefährlicher war, weil die nicht nur knurren, sondern auch sprechen konnten.

Er vertrieb sich den Sonntag im Wesentlichen mit Lesen, blätterte endlich in dem Buch ,Gott oder nichts', überlegte sich, wie er diese Entdeckung in seine Weihnachtsrede einbauen konnte. Der Fernseher blieb wie gewohnt aus. Die Nachrichten deprimierten und auf den üblichen Schrott am Abend, Tatort oder Pilcher, hatte er auch keine Lust. So harrte er dem Montag entgegen. Die Arbeit würde Abwechslung bringen. Und dann waren es bis zum Mittwoch, bis zum ,Dinner in the Dark' nur noch drei Tage. Die Therapiegespräche bis dahin würde er auch noch überstehen.

143

Der Montag in seinem Sprechzimmer gestaltete sich indes abwechslungsreicher als er gedacht hatte. Es kamen nicht nur die üblichen Kandidaten, sondern es war auch ein Neuer dabei, der noch nicht im Hause wohnte, sich aber für einen Platz auf die Warteliste setzen lassen wollte und natürlich mit dem Doc ein Therapieprogramm zu besprechen hatte. Mondmann kannte ihn aus der Zeitung. Es war der berühmte Bonner Dirigent Herbert Widalla. Der war nicht nur für seine Dirigentenkunst berühmt, sondern auch für seine musiktheoretischen Arbeiten. So hatte er etwa ein Buch über die Bedeutung des Taktstockes verfasst. Normalerweise machte man sich keine Gedanken darüber, was so ein Taktstock leisten sollte. Man brauchte ihn eigentlich nicht. Hände und Finger reichten zum Dirigieren aus. Aber der Bonner Musiker hatte das genial erläutert. Da die Musik himmlischen Ursprungs war, hatte der Taktstock die Funktion einer Antenne. Der Taktstock war ein unverzichtbares inspiratives Instrument. Auf 580 Seiten hatte er das dargelegt. In einer der Sitzungen hatte er Mondmann davon erzählt.

„Wie kann man so viel über den Taktstock schreiben?" hatte der Doc erstaunt gefragt.

„Ach, haben Sie eine Ahnung! Das ist ein magisches Instrument. Wenn man nicht aufpasst, kann man sogar daran sterben." Und dann hatte er Mondmann die Geschichte des Jean-Baptiste Lully erzählt, eines Dirigenten am Hof des französischen Sonnenkönigs. Lully hatte, wie damals üblich, einen schweren Stab benutzt, mit dem man den Takt auf den Boden schlug. Dabei hatte er sich

144

einen Zeh zertrümmert und war an Wundbrand gestorben. Von solchen Geschichten wusste Widalla viele amüsante zu erzählen, und Mondmann fühlte sich bestens unterhalten. Für seine eigene Arbeit benutzte der Bonner Dirigent keinen der üblichen leichten Stäbe aus Fiberglas, sondern einen schwer in der Hand liegenden aus Elfenbein mit reichen Verzierungen. „So wie Richard Wagner", hatte er stolz angegeben.

Widalla kam im schwarzen Anzug, weißes Hemd, aber keine Krawatte. Er machte einen nervösen, fahrigen Eindruck, drückte Mondmann bei der Begrüßung lange und kräftig die Hand, so als sei er endlich seinem Retter begegnet. Dabei beugte er sich tief herunter, denn er hatte die stattliche und imposante Größe von Zweimeterfünf. Der Doc bat ihn zu der kleinen bequemen Sitzecke gegenüber dem Fenster des Raumes, fragte, ob er ihm einen Kaffee anbieten könne. Widalla schüttelte den Kopf. „Aber wenn Sie mir erlauben würden, hier eine Zigarette zu rauchen…?"

„Selbstverständlich", antwortete der Doc. „Hier sind wir unter uns. Hier quatscht uns keiner rein. So, erzählen Sie mal. Worum geht es?"

„Ich bin jetzt 52", begann Widalla, „aber so etwas habe ich noch nicht erlebt. Es ist ein Zwang, dem ich nicht mehr entkommen kann. Ich weiß mir nicht mehr zu helfen. Es kommt über mich. Es ist ein Dämon. Es ist schrecklich."

Widalla drückte die halb gerauchte Zigarette aus, zündete sich sofort eine neue an.

„Erzählen Sie einfach", forderte Mondmann ihn auf. „Hier dürfen Sie alles sagen. Sie sind in einem geschützten Raum."

„Arschloch!" entfuhr es Widalla. Und sogleich fügte er jammernd hinzu: „Sehen Sie, Herr Doktor, das ist es ja. Es entfahren mir Zwischenrufe. Ich will es nicht, kann es aber nicht verhindern. Ich verstehe die Welt nicht mehr."

„Ganz ruhig, ganz ruhig", bemerkte Mondmann. „Sie haben also das so genannte Tourette-Syndrom. Zwanghaftes Zwischenrufen. Meistens obszöne Wörter. Ist das so?"

„Nicht nur obzöne", gab Widalla Auskunft. „Aber damit hat es begonnen. Das war vor drei Monaten. Ich sitze mit meiner Frau in einem Bonner Café. Am Tisch gegenüber sitzt alleine eine recht hübsche Blondine mit einer sehr passablen Figur. Sie liest Zeitung, räkelt sich etwas auf dem Stuhl. Das Kleid rutscht hoch, jedenfalls so weit, dass man einen schönen weißen Slip sehen kann. Da kommt es auf einmal über mich und ich rufe laut und vernehmlich zu der Dame: ‚Ficken!' Alle Leute in dem Café sehen zu uns herüber, schütteln befremdet den Kopf. Die Frau legt die Zeitung beiseite, steht auf, kommt zu mir, verabreicht mir eine Ohrfeige und zischt: ‚Du Schwein!'. Dann zahlt sie und geht, ohne mich eines weiteren Blickes zu würdigen. Ich habe dann auch gezahlt, mit hochrotem Kopf. Wir sind gegangen. Vor dem Café fragt mich meine Frau entsetzt: ‚Was war das denn?'. Ich weiß es nicht, sagte ich. Ich verstehe es nicht. Es ist einfach so über mich gekommen. Ich war verzweifelt, dachte, lieber Herbert, da hast du Musik studiert, bist durch Mozart, Brahms, Bach, Händel, Liszt und wie sie alle heißen, klug, sanft und weise geworden und dann entfährt dir so ein peinlicher Zuruf. Ja, Herr Doktor, und dann war der Zwang da. Drei Tage später passiert es mitten im Konzert. Ich stehe vor dem Orchester am Pult, dirigiere Mozarts ‚Kleine Nachtmusik'. Da kommt auf einmal wieder der Zwang. Ich drehe mich um zum Publikum, rufe laut: ‚Verpisst euch!'. Das Konzert war gelaufen. Seitdem habe ich den Taktstock für eine öffentliche Vorstellung nicht mehr angerührt. Es ist eine Katastrophe."

„Verstehe", sagte Mondmann. „Das ist für einen Dirigenten wie Sie extrem. Aber auch in allen anderen Positionen wäre das ein großes Problem. Ich habe meine Jugend in einem Dorf verbracht, ging sonntags noch auf Befehl des Vaters in die Kirche, und da hatten wir einen Pfarrer, der ebenfalls unter dem Tourette-Syndrom litt. Und das war eigentlich auch die Attraktion der Messe. Jedenfalls war die Kirche sonntags immer randvoll. Bestimmt kamen die Leute nicht nur aus Frömmigkeit. Nein, sie waren gespannt, was der Pfarrer während der Predigt wieder rufen würde. Es waren nicht nur Obszönitäten. Das konnten auch scheinbar irrsinnige, nicht zur Predigt passende Begriffe sein. So rief er einmal unvermittelt, als er über die Nächstenliebe sprach, ‚Autowaschanlage!'. Wie ist das bei Ihnen? Sind es hauptsächlich Begriffe aus dem Gebiet des Sexuellen?"

Widalla schüttelte den Kopf. „Nein, das geht querbeet. Bei einer Probe vor zwei Monaten rufe ich der Violinistin unvermittelt zu: ‚Knopf drücken!'. Sie sieht mich verständnislos an. Ich hebe die Hand, entschuldige mich. Mir fiel in diesem Moment keine Ausrede ein. Ich hätte ja sagen können: ‚Ich meine, ein bisschen mehr Gas geben, Geschwindigkeit aufnehmen, schneller spielen. Tempo, Allegro Presto!' Aber ich war selber erschrocken über den Zwischenruf, so dass mir das nicht einfiel."

„Haben sich neben den Zwischenrufen noch andere Zwänge eingestellt?" fragte Mondmann. „Häufiges Händewaschen zum Beispiel."

„Händewaschen? Nein, das ist geblieben. Das habe ich immer schon gemacht. Neu hinzu gekommen ist etwas ganz Seltsames und Zeitraubendes. Komme ich abends mit dem Wagen nach Hause und habe ihn schon in die Garage gestellt, so hole ich ihn wieder heraus und fahre noch einmal um den Block, um zu sehen, ob ich einen Unfall verursacht habe. Herr Dr. Mondmann, bitte helfen Sie mir! Ich habe meinen Beruf verloren, meine Frau will mich verlassen. Alles wird immer schlimmer. Ich würde mich gerne eine Zeit lang in Ihrem Haus aufhalten dürfen. Es hat sich ja in Bonn herumgesprochen, wie wohltuend das ist."

„Danke für das Kompliment", sagte Mondmann. „Aber weil es sich so positiv herumgesprochen hat, sind wir zur Zeit belegt. Aber lassen Sie sich von meiner Sekretärin auf die Warteliste setzen. Es könnte allerdings bis zu einem halben Jahr dauern. Wir wollen, wenn Sie einverstanden sind, bis dahin aber nicht untätig sein. Kommen Sie zur ambulanten Behandlung, ich meine, wir sprechen hier über Ihre Zwänge und ich versuche, Sie ins Selbstmanagement zu führen. Das heißt, wir überlegen uns Tricks und Verhaltens- weisen, mit denen Sie Ihren Zwang beherrschen

können. Zum Beispiel durch eine Kombinationshandlung. Jedes Mal, wenn Sie etwas Obszönes
rufen wollen, zupfen Sie zunächst an Ihrem
Hosenbein, ziehen es ein Stück hoch. Sie werden
sehen, durch diese Verzögerung und Zwischen-
handlung ist der Rufzwang verloren gegangen. Sie
hätten den peinlichen Tick durch einen
unauffälligeren ersetzt. Von solchen Maßnahmen,
die wir trainieren werden, habe ich einige im
Programm. Weiter sollten wir aber auch die
medizinische Seite abchecken. Mit einer
neuropsychologischen Untersuchung durch ein
MRT zum Beispiel, durch Magnetresonanz-
tomographie. Wir werden dabei vor allem die
Filterfunktion des Thalamus in den Blick nehmen
und Ihren Stoffwechsel, was Serotonin betrifft. Es
könnte ja sein, dass Ihr Problem eine medizinische
Ursache hat. Das bekämen wir dann mit
Medikamenten wie etwa Clomipramin leicht in den
Griff und Sie könnten wieder Ihrem Beruf
nachgehen. Also, lieber Herr Widalla, Kopf hoch!"

„Gut, gut!" meinte Widalla und drückte seine
vierte halbgeraucht Zigarette aus. „Zweimal die
Woche? Geht das?"

„Sicher, das lässt sich arrangieren. Sprechen Sie
bitte mit Frau Gabriel und lassen Sie sich Termine
geben."

Widalla erhob sich aus dem Sessel, drückte
Mondmann die Hand. „Wie war das noch mal mit
der Kombinationshandlung?" fragte er.

„Sie zupfen einfach das Hosenbein hoch, wenn
Sie ein Zwang überkommt", erklärte Mondmann.
„Dadurch erledigt sich das meistens. Es ist ein ganz
einfacher Trick. Wir sehen uns Mittwochmorgen
wieder? Einverstanden?"

„Gerne, Herr Doktor. Ich glaube, bei Ihnen bin ich in guten Händen."

41

Als Widalla gegangen war, dachte Mondmann über das Tourette-Syndrom nach. Einen solchen Patienten hatte er noch nie gehabt. Was da in dem Bonner Café passiert war, als Widalla seinen obszönen Zwischenruf gemacht hatte, war ja bis zu einem gewissen Punkt normal. Er hatte eine schöne Blondine gesehen, ihre attraktive Figur, das hoch gerutschte Kleid. Dass man als Mann Wünsche verspürte, war normal, verständlich. Man durfte es nur nicht laut hinausrufen. Das war verboten. Widallas Seele hatte unter einem Überdruck gestanden und sich durch den Ruf ein Ventil geschaffen. Diese ungewollten Zwischenrufe lösten sozusagen eine Situation auf, mit der man nicht zufrieden war und gegen die man protestierte. So hatte der begnadete Bonner Dirigent eigentlich nicht vor Publikum spielen wollen, war dem Druck und der Verstellung entgangen durch den Zwischenruf „Verpisst euch!". Die Seele drängte immer zur Wahrheit. Und wahr an der Situation in dem Bonner Café war einfach, dass Herbert Widalla Lust hatte. Die aber wurde ihm durch die Situation verweigert. In einem öffentlichen Café durfte man so etwas nicht tun. Die Schimpansen im Kölner Zoo, die konnten sich das erlauben. Bei einem Tier war so ein Verhalten normal. Der Mensch dagegen hatte zu unterdrücken. Also war das Tourette-Syndrom nichts anderes als die Äußerung eines mühsam unterdrückten Wunsches. Oder es war auch die Zerstörung einer Situation, mit der man nicht zufrieden war, die man nicht mehr ertragen konnte. Patienten mit Tourette-Syndrom waren eigentlich sehr wahrhafte, wahrheitsliebende Menschen. Die Szene in dem Bonner Café hatten bestimmt auch andere Männer mitbekommen. Aber die hatten nur still gedacht und nicht gewagt, ihren Wunsch öffentlich zu äußern. Auch musste der Pfarrer seiner Jugendzeit, jener Mensch, der von der Kanzel ab und zu Unsinniges in die Gemeinde rief, unter seinem Beruf gelitten haben. Zumindest hatte er unter dem gelitten, was er öffentlich zu predigen hatte. Das hatte er dann unterlaufen, die Lüge aufgehoben. Sein Zwischenruf mit der ,Autowaschanlage' hatte etwas sehr Schlaues gehabt, etwas sehr Ehrliches. Denn Nächstenliebe gab es gar nicht mehr. Dafür aber die Liebe zum Auto.

Es gab aber auch noch eine andere Ursache für das Tourette-Syndrom. Das war das schlechte Gewissen, das jemand hatte. Dann bestrafte man sich und brachte sich durch einen Zwischenruf in eine peinliche Situation. Das Syndrom konnte also auch eine autoaggressive Komponente haben, etwas Selbstzerstörerisches. Mondmann nahm sich vor, dem bei der nächsten Sitzung nachzugehen, Widalla auf den Zahn zu fühlen. Da musste irgend etwas in der jüngsten Vergangenheit passiert sein. Denn normalerweise ereilte einen das Schicksal des Tourette-Syndroms in jüngeren Jahren und nicht erst mit 52 wie bei dem Bonner Dirigenten.

42

Der herbeigesehnte Mittwoch kam und mit ihm
gegen Mittag zunächst einmal Widalla.

„So", eröffnete Mondmann offensiv das Gespräch, „es muss da einen Vorfall in nicht allzu
ferner Vergangenheit geben, der Sie belastet, der
Ihnen ein schlechtes Gewissen macht. Wir sind hier
unter uns. Sie können alles gestehen."

Widalla sah ihn erstaunt an. „Aber das sagte ich
Ihnen doch schon. Ich leide unter Zwischenrufen."

„Ja, ja", bemerkte Mondmann, „das weiß ich ja.
Aber es muss da eine versteckte Ursache geben.
Etwas, was Ihnen, wie gesagt, ein schlechtes
Gewissen macht. Denken Sie nach! Erforschen Sie
sich."

Widalla begann unruhig auf dem Stuhl hin und
her zu rutschen. „Ja", bekannte er schließlich, „da
ist etwas."

„Gut, dann erzählen Sie. Nehmen Sie kein Blatt
vor den Mund!"

„Arschloch!" entfuhr es Widalla. Sofort entschuldigte er sich. „Das tut mir leid, Herr Doktor.
Das wollte ich nicht."

„Schon gut", beruhigte ihn Mondmann. „Aber
Sie hätten an die Kombinationshandlung denken
können. Also, erzählen Sie jetzt!"

Widalla fuhr sich mit der rechten Hand durch
die streng nach hinten gekämmten schwarzen
Haare. „Wissen Sie", begann er, „meine Frau und
ich stehen immer spät auf, so gegen elf. Dann sitzen
wir im Morgenmantel am Tisch und frühstücken.
Vorher aber gehe ich nach unten zum Briefkasten,

um nach der Post zu sehen und die Tageszeitung herauf zu holen. Wir wohnen in der Bonner Südstadt, im dritten Stock eines restaurierten Altbaus. Ich brauche also immer eine gewisse Zeit, um nach unten zu gehen und wieder nach oben. Einen Fahrstuhl haben wir nicht. Auf dem Weg die Treppe hoch blättere ich durch die Zeitung, lese die Überschriften. Ich bin also in der Regel für mindesten fünf Minuten unterwegs, bis ich dann wieder bei meiner Frau am Tisch sitze. Um elf kann man ungestört im Treppenhaus bummeln. Die Leute sind alle schon auf der Arbeit."

Mondmann nickte. „Das belastet Sie also, dass Sie so lange brauchen für einen eigentlich kurzen Weg?"

„Nein, das ist es nicht. Unten, parterre, wohnt eine rumänische Zirkusfamilie. Die beiden sind Artisten. Der Mann allerdings ist seit einem Sturz vom Trapez gelähmt. Als er durch die Luft flog, hat seine Frau nicht richtig zugegriffen. Er ist gestürzt. Seitdem ist er bettlägerig. Nun, eines Morgens, als ich wieder ein paar Briefe und die Zeitung aus dem Kasten geangelt hatte, kam die Frau auch zum Briefkasten. Sie hatte wie ich auch nur einen Morgenmantel an. Naja, Sie können sich denken, was passiert ist."

„Nicht genau", wandte Mondmann ein. „Scheuen Sie sich nicht! Erzählen Sie! Ihrem Therapeuten dürfen Sie nichts vorenthalten. Jedes Detail kann wichtig sein."

Widalla atmete tief durch. „Herr Doktor", sagte er dann, „stellen Sie sich vor, die Frau kommt mir entgegen, lächelt, schlägt den Morgenmantel zurück und sagt… Nein, ich kann das nicht."

„Wie? Was kann sie nicht? Verstehe ich nicht."

„Ich meine, ich kann nicht sagen, was sie gesagt hat."

„Herr Widalla", beruhigte Mondmann. „Sie können es sagen, Sie dürfen es sagen, Sie sollten es sagen. Also?"

„Sie hat gesagt: ‚Mach mir den Hengst!'"

„Na bitte! Geht doch. Und Sie haben ihr diesen Wunsch erfüllt?"

„Ja. Ich hatte einen schwachen Moment."

„Und danach Ihrer Frau gegenüber ein schlechtes Gewissen?"

„Ja."

„Hat sich der Vorfall wiederholt, Herr Widalla?"

„Ja. Bis auf sonntags. Da kommt keine Post."

„Hmm. Also eine permanente Verfehlung, die Ihr Gewissen belastet."

„Ja, Herr Doktor. Es ist ein Dilemma. Auf der einen Seite hole ich gerne die Post. Auf der anderen Seite möchte ich meiner Frau auch treu bleiben. Es gelingt mir einfach nicht."

Mondmann nickte verständnisvoll. „Sehen Sie, da haben wir die Ursache für Ihr Syndrom. Sie bestrafen sich mit den Zwischenrufen selbst. Sie wissen jetzt, wie Sie Ihrem Zwang entkommen können."

Widalla schüttelte den Kopf. „Nein. Wie denn?"

„Indem Sie Ihre Frau die Post holen lassen. So einfach ist das. Wir unterhalten uns bei der nächsten Sitzung darüber. Lassen Sie sich von meiner Sekretärin einen neuen Termin geben."

43

Ob ihn, Mondmann, am Abend auch das Tourette-Syndrom ereilen und er etwas in die Dunkelheit rufen würde? Bei dem Rendezvous mit Eleonora. Er wusste ja, wie sie aussah. Eben recht attraktiv. Knusprig. Verlockend. Der Doc schüttelte den Kopf, murmelte „Nein, nein!" Da würde er lieber an die Kombinationshandlung denken und das Hosenbein hochziehen. Das würde man in der Finsternis sowieso nicht sehen. Insofern war das Treffen in der ‚unsicht-Bar' gut geeignet, um Peinlichkeiten zu entgehen.

Gegen fünf klopfte er bei Hildegard Gabriel an die Bürotür, öffnete, grinste, sagte: „Heute gehe ich etwas früher."

„Aha, ich sehe", sagte die Sekretärin. „Sie haben sich heute besonders schick gemacht. Jackett, neue Hose, neues Hemd." Sie warf einen Blick nach unten auf die Füße. „Und neue Schuhe haben wir auch. Sie haben heute etwas vor. Stimmt's?"

„Kann sein", murmelte Mondmann. „Ich berichte Ihnen morgen."

„Doc, ich ahne nichts Gutes. Sie haben wieder einen Ausdruck im Gesicht wie damals, als ich die Flüge nach Lissabon bestellen sollte. Sie kennen die Dame schon länger?"

„Nein, ich lerne sie erst kennen. Es ist übrigens die mit der Schokolade."

„Schokolade?"

„Ja. Die geschrieben hat ‚Nur Schokolade macht auch nicht glücklich!'"

Ehe Hildegard Gabriel darauf antworten konnte, schloss Mondmann die Tür, verließ die Anstalt. Er hatte sich ein Taxi bestellt zum Bonner Bahnhof, wartete noch ein paar Minuten draußen auf dem Parkplatz. Den eigenen Wagen wollte er nicht nehmen. Die Fahrt über die Autobahn nach Köln war ihm ein Greuel. Da kam man rasch in eine schlechte Stimmung.

44

Die Begegnung würde zwar im Dunkeln stattfinden, aber trotzdem hatte Mondmann an diesem Tag besonderen Wert auf seine Garderobe gelegt. Vielleicht würden sie ja den Abend, der im Finstern begonnen hatte, in hellerem Licht fortsetzen, bei einem kühlen Kölsch im Restaurant neben der ‚unsicht-Bar'. Damit rechnete er. Was die Kleidung betraf: Mit einer Mischung aus leger und elegant würde er nichts falsch machen. Zu vermeiden war auf jeden Fall eine biedere Rentnerkleidung. Über einem weißen Leinenhemd aus Marokko trug er ein cognacfarbenes Cord-jacket. Die Jeans waren taubenblau, natürlich ohne absichtliche Einrisse, die bei seinem doch schon fortgeschrittenen Alter albern gewirkt hätten. Die Füße steckten in terracottafarbenen Jogging-schuhen, die er sich einmal auf einem Markt in Málaga gekauft hatte. Bei den Schuhen hatte er länger überlegt. Die Auswahl war nicht groß. Alternative waren langweilige dunkelbraune oder schwarze Straßenschuhe. Der Doc entschied sich gegen sie. Sie waren eher etwas für den normalen Arbeitsalltag. Auf einen Mantel hatte er an diesem Dezembertag auch verzichtet. Das Wetter war ungewöhnlich mild. Das Thermometer zeigte selbst am Abend noch zwölf Grad. Es war der wärmste Dezember seit Beginn der Wetteraufzeichnung. Um sich dennoch vor einer Erkältung zu schützen, auf einer Bahnfahrt lauerten Viren und Bakterien, hatte er sich ein rotes Halstuch umgelegt, das passend zum Hemd ebenfalls marokkanischen Ursprungs war und von jenem Markt in Málaga stammte.

Mondmann hatte sich mit einem Taxi zeitig genug zum Bonner Bahnhof bringen lassen. Dass man bei der Bundesbahn immer mit einem gewissen Chaos und Verspätungen rechnen musste, war bekannt. So war es auch an diesem Mittwochabend. Der Regionalexpress nach Köln war ausgefallen, die nachfolgende Mittelrheinbahn deswegen überfüllt. Alle Plätze waren belegt. Die Menschen drängten sich in den Gängen, blockierten die Türen. Mondmann hatte keine Lust auf diese Strapazen, verzog sich in die erste Klasse, wo noch genügend Plätze frei waren. Kontrolliert wurde er nicht. Der Zugbegleiter war es offensichtlich leid, sich durch die Menschen zu zwängen, um die Tickets zu begutachten.

Auf der Website der ‚unsicht-Bar‘ hatte sich der Doc informiert, was ihn der Abend neben Zug- und Taxifahrt ungefähr kosten würde. Das Vier-Gänge-Menü war mit 35 Euro veranschlagt, die Flasche Wein mit 20. Ob er Eleonora einladen würde oder man getrennt bezahlte, war noch nicht besprochen. Aber Mondmann war auf alles vorbereitet. Er hatte genug Bargeld eingesteckt, ebenso für alle Fälle die Kreditkarte dabei. Er war gegen Eventualitäten gewappnet. Wie schon bei seinem Ausflug nach Lissabon war ihm das Finanzielle egal. Solche Abenteuer erlebte man nur einmal. Da kam es auf ein paar Euro nicht an. Vielleicht war Eleonora ja endlich das lang ersehnte Glück, der große Wurf. Warum sollte einem nicht auch per Internet eine hinreißende Liebe begegnen können? Die früheren Zeiten, wo auf dem Dorf ein Maibäumchen errichtet und dann die Nacht durch in der Scheune getanzt wurde, waren vorbei. Heutzutage war das Kennenlernen eben zufälliger, anonymer, schnelllebiger, austauschbarer. Von zwanzig Treffen verliefen wahrscheinlich 19 enttäuschend. Er hatte sich vor allzu großen Erwartungen zu hüten. Aber waren solche Träume nicht schön? Und so spürte er, je näher Köln kam, eine stärker werdende kribbelnde Nervosität.

45

Ein paar Minuten vor sieben hatte er das Restaurant erreicht, nannte im Foyer die Reservierung „Tisch für Eleonora und Eugenio." Der Kellner, der sich als Nico vorstellte, nickte, sagte: „Die Dame ist schon da, erwartet sie. Aber erst bekommen Sie einen Aperitiv."

Er reichte ihm ein Glas Sekt, fragte: „Sie haben einen Mantel für die Garderobe?"

„Nein, bei dem Frühlingswetter nicht", antwortete Mondmann und leerte das Glas in einem Zug.

„Bitte wählen Sie Ihr Menü aus", bat ihn der Kellner und legte ihm eine Karte vor. Mondmann entschied sich für das Menü ‚Fisch'. Es bestand aus vier Gängen. Als Vorspeise war angegeben: hausgebeizter Lachs an einem Salatbouquet mit Honigkräutern und geröstetem Brot. Im zweiten Gang war eine Zucchini-Estragon-Suppe mit Krabben angekündigt. Für den Hauptgang ein Lachsfilet mit Blattspinat, Schalotten, getrockneten Tomaten, Brätlingen, Weißwein, Olivenöl und Kräutern. Als Dessert gab es eine Quarkcreme mit Honig und Obst, garniert mit knusprigem Müsli.

Mondmann überflog die Karte. Er wusste plötzlich nicht mehr, ob er Hunger hatte oder nicht. Die Nervosität war gestiegen. Er spürte sogar, wie seine Stirn feucht wurde wie einem Schuljungen beim allerersten Rendezvous. Am liebsten hätte er dem Aperitiv einen doppelten Whisky folgen lassen.

„Was möchten Sie dazu trinken?" fragte der Kellner. „Die Dame hat allerdings schon eine Flasche Wein bestellt. Ist das in Ordnung für Sie?"

Mondmann nickte. „Ja, gut. Belassen wir es erst einmal dabei."

„So, ich bringe Sie jetzt an den Tisch. Folgen Sie mir!" forderte Nico ihn auf und erklärte weiter: „Wir gehen jetzt zu einem Vorraum, der als Lichtschleuse dient. Dort legen Sie die Hand auf meine Schulter und folgen mir langsam. Sobald ich die Tür zum eigentlichen Event-Saal öffne, wird es stockfinster. Sie sehen gar nichts mehr. Ich bringe Sie dann zu Ihrer Dame. Auf dem Tisch dient zur Orientierung die Uhr. Wenn ich also sage: Das Glas für den Wein steht auf ein Uhr, so wissen Sie Bescheid. Sollten Sie während des Menüs Hilfe brauchen, so rufen Sie leise ‚Nico' oder schnalzen mit Daumen und Mittelfinger. So." Er machte es vor. „Sie sehen, es ist ganz einfach. Ich bin stets in Ihrer Nähe. Das Menü bringe ich auf einem Servierwagen. Wundern Sie sich nicht über das Geräusch der Räder. Im Dunkeln sind alle Wahrnehmungen anders. Falls Sie ein Handy dabei haben, schalten Sie es bitte aus. Und eine Uhr mit Leuchtziffern stecken Sie bitte in Ihre Tasche. Haben Sie noch Fragen?"

Mondmann schüttelte den Kopf. Dann fiel ihm ein, dass der Kellner ja blind war. „Alles klar", antwortete er. Er folgte dem Kellner in einen Raum, der schwach beleuchtet war. Das musste die Lichtschleuse sein. „Legen Sie Ihre Hand auf meine Schulter!" forderte ihn Nico auf. „Wir gehen jetzt in den Event-Saal."

Nico ging mit ihm zu einer Tür, öffnete sie. Auf einen Schlag war es finster, tatsächlich so dunkel, dass man die eigene Hand nicht mehr sehen konnte. Mondmann folgte mit langsamen, vorsichtigen Schritten dem Kellner. Der blieb nach ein paar Metern stehen, sagte: „Hier ist es. Hier sitzt ihre Begleiterin. Sie dürfen sich jetzt begrüßen."

Mondmann hörte Gekicher. Dann spürte er etwas an seinem Arm, tastend wurde seine Hand ergriffen. „Eleonora?" fragte er. „Ja", antwortete sie. „Du bist also Eugenio. Schön, dass du gekommen bist." Mondmann schnupperte den Hauch eines verlockenden Parfüms, tippte auf Chanel No 5, behielt diese Ahnung aber für sich. Er wollte nicht als Parfümkenner auffallen. Das konnte bei der Dame zu falschen Schlüssen führen. Er hörte, wie Nico einen Stuhl vorzog und sagte: „So, setzen Sie sich. Folgen Sie meiner Hand. Langsam. Vorsichtig, sonst fallen Sie daneben. So, Sie sitzen jetzt Ihrer Begleiterin gegenüber. Ein Glas finden Sie auf ein Uhr, die Flasche mit dem Wein auf neun Uhr. Besteck liegt auf drei."

Mondmann drehte den Kopf nach links, nach rechts. Aber er sah nur Finsternis. Von den Nachbartischen her hörte er, wie sich andere Gäste unterhielten. Irgendwo scheppterte es. Da hatte wohl jemand etwas umgeworfen.

Vorsichtig ertastete er Messer, Gabel und Löffel und wie angekündigt auf ein Uhr ein Glas, das er fast umgeworfen hätte.

„Ganz schön ungewohnt", sagte er in Richtung Eleonora. Etwas Klügeres war ihm nicht eingefallen.

„Ja", antwortete sie. „Aber du wirst sehen, dein Tastsinn wird sich ganz rasch entwickeln. Möchtest du Weißwein? Ich gieße dir das Glas voll. Dann versuchen wir, mit den Gläsern anzustoßen. Im Dunkeln macht so etwas noch Spaß. Du hast so etwas noch nie gemacht?"

161

Er schüttelte automatisch den Kopf. Dann aber fiel ihm ein, dass Eleonora das nicht sehen konnte, und er sagte rasch: „Nein, noch nie. Das ist eine ganz neue Erfahrung, aber hübsch. Endlich mal was Neues." Er hörte, wie sie das Glas füllte und wieder hinstellte. „Es ist wieder auf ein Uhr", sagte sie. Oh, dachte der Doc. Sie kennt sich aus. Sie macht das wohl nicht zum ersten Mal. Aber ich frage sie nicht danach. Das wäre unhöflich. Er tastete sich vorsichtig zu dem Glas, fand den Stil, hob es, war sich nicht sicher, ob er es auch gerade hielt. Hoffentlich plätscherte der Wein nicht raus.

„Wir nähern uns jetzt vorsichtig mit den Gläsern Richtung zwölf Uhr", wies ihn Eleonora an. „Aber langsam bitte. Keinen Zusammenstoß, sonst gibt es Scherben."

Mondmann fand es seltsam, das Glas vom Körper wegzuführen, in die Dunkelheit hinein, in die Richtung, aus der Eleonora gesprochen hatte. Plötzlich gab es ein leises Klirren. „Wunderbar", bemerkte Eleonora. „Klappt ja. Lieber Eugenio, so wollen wir es auch halten. Wir nähern uns einander vorsichtig und dann finden wir heraus, wie es schmeckt. Einverstanden?"

„Einverstanden", antwortete der Doc. „Ich bin auch kein Freund überstürzter Handlungen."

Er hörte das schleifende Geräusch näher kommender Räder. Ein Teller wurde vor ihn hingeschoben. „Orientieren Sie sich an der Uhr", sagte Nico. „Merken Sie sich ungefähr, was Sie wo essen. Später, im Foyer, erfolgt die Aufklärung.

Wenn es mit Messer und Gabel nicht klappt, nehmen Sie ruhig die Finger. Das ist hier nicht verboten. Außerdem sieht es ja keiner." Mondmann vernahm ein leises Lachen. Er ertastete die Gabel, führte sie zum Teller, spießte bei zwölf Uhr etwas auf, beugte den Rücken, um mit dem Mund näher zu kommen, führte die Gabel dem Mund entgegen, bis die Lippen die Speise berührten. Was er da aufgegabelt hatte, musste ein Stück Lachs sein. Das geröstete Brot war es jedenfalls nicht. Der Doc wunderte sich, wie auf einmal alles anders schmeckte, seltsamer, intensiver. Das Auge war ausgeschaltet, aß nicht mehr mit. Der Geschmack hatte die Regie übernommen.

„Deine Stimme hat mir schon am Telefon gut gefallen", begann Eleonora das Gespräch. „Solche ersten Eindrücke sind wichtig. Was da so an Texten im Profil steht, ist völlig uninteressant. Darauf kommt es nicht an. Was meinst du?"

Mondmann pflichtete ihr bei, gestand, dass er die Texte meist gar nicht gelesen, sondern nur die Fotos betrachtet hatte. Bei ihr allerdings sei das eine Ausnahme gewesen. Der Text mit der Schokolade habe ihm vorzüglich gefallen. Er habe ihn an ein Abenteuer erinnert, das leider nur ein Traum geblieben war.

„Ein Abenteuer mit Schokolade?" hörte er Eleonora fragen.

„Ja, ja", antwortete Mondmann. „Schoko-painting am Körper. Aber es ist nicht dazu gekommen." Zugleich dachte er: Mist, das hättest du als Ouvertüre für das Gespräch nicht sagen dürfen. Das ist zu früh.

Aber Eleonora schien das nicht zu stören. Sie kicherte, meinte: „Ich sehe, du bist ein Genussmensch, ein sinnlicher Mann. Das gefällt mir. Weißt du was: Wir wollen uns jetzt auch gar nicht gegenseitig ausfragen, was wir machen, wie alt wir sind, wo wir wohnen und so weiter. Das wäre öde. Das können wir später noch. Erzähle mir lieber vom Schokopainting. Was würdest du mit mir anstellen wollen?"

Der Doc räusperte sich verlegen. Die geht aber in die Offensive, dachte er. Wir sind ja gerade noch bei der Vorspeise und dann schon so etwas. Aber, lieber Eugenio, das bist du selber schuld. Du hast ja mit dem Thema angefangen.

„Ich würde schöne Dinge auf deine Haut malen. Mit bunter Schokolade. Blumen, Schmetterlinge." Er machte eine kleine Pause. „Diese Motive sind am einfachsten", fügte er hinzu.

„Und dann?" fragte sie. „Wenn du gemalt hast? Soll ich dann in die Badewanne gehen, damit alles wieder abgeht?"

Mondmann lachte. „Nein. Das kann man auch anders machen. Es wäre schade um die Schokolade."

„Darüber können wir uns ja später noch unterhalten. Kommst du noch auf ein Bier mit nach der Veranstaltung hier?"

„Gerne", sagte er. „Dann können wir uns ja endlich im Hellen in Augenschein nehmen."

Wieder war das schleifende Geräusch des Servierwagens zu hören. Der Teller mit der Vorspeise wurde abgeräumt, ein anderer vor Mondmann geschoben. „Das ist die Suppe", sagte Nico. „Noch etwas Wein? Ihr Glas ist leer."

Wie hat er das denn herausgefunden? überlegte der Doc. Ein Blinder musste einen siebten Sinn entwickelt haben. Das Glas war wirklich leer. In seiner Nervosität hatte er es in zwei Zügen ausgetrunken, sich gescheut, Eleonora so rasch ums Nachgießen zu bitten.

„Ja, bitte", antwortete er dem Kellner. „Wenn die Flasche leer ist, bringen Sie bitte eine neue." Und zu Eleonora gewandt bemerkte er: „Geht auf meine Rechnung. Du bist übrigens zu dem Essen eingeladen. So etwas erlebt man ja nur einmal."

„Danke", sagte sie. „Ich revanchiere mich demnächst dafür."

Eine Gesprächspause entstand. Was weniger daran lag, dass es keinen Gesprächsstoff mehr gab, sondern an der Aufgabe, eine Suppe ohne zu schlabbern, im Finstern zu essen. Man sah wirklich nicht die Hand vor Augen. Statt auf Eleonora musste sich Mondmann voll auf den Löffel konzentrieren. Eleonora ging es genauso. Sie schwieg, bis Nico endlich abräumte und den Hauptgang servierte.

„Und?" fragte sie. „Wie ist deine Erfahrung mit dem Essen im Dunkeln?"
„Ein Erlebnis. Ungewöhnlich. Ich merke, wie die anderen Sinne die Regie übernehmen. Ich bin mir

165

auch nicht ganz sicher, was ich gerade zum Mund führe. Wenn ich es nicht vorher auf der Karte gesehen hätte, wäre ich ziemlich aufgeschmissen."

„Merkst du, dass der Tastsinn jetzt eine ganz andere Rolle spielt?"

Er nickte, besann sich, dass sie das nicht sehen konnte. „Ja", bemerkte er. „Ich werde ganz, ganz langsam mit den Fingern."

Sie kicherte. „Ich würde dich gerne ertasten. Deine Umrisse. Darf ich?"

„Bitte", antwortete er überrascht und beugte sich etwas vor. Nach ein paar Sekunden spürte er ihre Hand auf seiner Wange. Vorsichtig glitt sie hinunter zum Kinn. Sie lachte leise. „Du hast dich aber gut rasiert. Weich und glatt. Angenehm. Hast du einen Bauch? Männer in deinem Alter haben den ja meist."

„Ich nicht", widersprach er.

„Das glaube ich nicht."

„Prüfe es nach!" forderte er sie auf.

Er bemerkte, wie sie mit der Hand das Jackett entlang fuhr, auf seinem Bauch landete und darüber strich.

„Toll", meinte sie. „Du hast die Wahrheit gesagt. Du treibst Sport?"

„Nein. Ich lebe alleine und bin zu faul zum Kochen. Das ist das ganze Geheimnis."

Sie lachte, entfernte ihre Hand von seinem Bauch, rieb jetzt das Revers zwischen ihren Fingern. „Lass mich raten. Cordjacke?"

„Ja."

„Farbe?"

„Cognacfarben."

„Schön."

Ihre Hand musste sie jetzt entfernt haben. Jedenfalls fühlte er sie nicht mehr. Dafür hörte er, wie sie wieder mit der Gabel auf dem Teller herumtastete. Mondmann hatte seinen Spaß an diesem echten Blind-Date. Das war doch endlich mal nicht langweilig und wirklich etwas Neues.

„Streck deine linke Hand vor!" forderte sie ihn auf. „Ich gebe dir jetzt ein kleines Weihnachtsgeschenk."

Er streckte ihr seine Hand entgegen in die Dunkelheit, fühlte, wie sie etwas hineinlegte. Es fühlte sich an wie ein Stück Leder oder Pappe, hatte abgestufte Kanten.

„Was ist das?" fragte er.

„Wirst du später im Hellen sehen beziehungsweise lesen. Es ist ein Weihnachtsbäumchen aus Pappe mit einem Spruch darauf. Verwahre es gut."

Er schob das Weihnachtsbäumchen in die linke Seitentasche seines Jacketts.

„Entschuldige mich bitte für einen Augenblick", sagte sie. „Ich muss dorthin, wohin manchmal kleine Mädchen müssen." Sie schnalzte mit den Fingern. Nico kam leise wie ein Indianer. Er vernahm nur, wie der Stuhl nach hinten geschoben wurde und hörte die Worte: „Legen Sie Ihre Hand auf meine Schulter. Ich führe Sie hinaus."

Mondmann hatte das zweite Glas geleert, tastete auf dem Tisch nach der Flasche, fand sie auf neun Uhr, hielt es für zu umständlich das Glas zu füllen und es wäre auch zu schade gewesen, den Rest Wein daneben zu schütten. Er trank deshalb aus der Flasche. Sein Teller mit dem Hauptgang war inzwischen leer. Er hörte das schleifende Geräusch des Servierwagens. Der Teller wurde genommen, ein anderer vor ihn geschoben. „Das Dessert", sagte Nico. „Und dann soll ich Ihnen ausrichten, dass die Dame sich entschuldigen lässt. Sie hat einen Anruf bekommen und musste dringend nach Hause."

46

Zuerst verstand er nicht. „Anruf? Lässt sich entschuldigen?"

„Ja", sagte der Kellner. „Sie hatte es auf einmal ziemlich eilig. Ist noch nicht einmal auf die Toilette gegangen. Ist irgend etwas zwischen Ihnen vorgefallen?"

„Nein. Nichts", antwortete Mondmann. „Seltsam, sehr seltsam. Dann hat das für mich hier auch keinen Zweck mehr. Bitte begleiten Sie mich hinaus."

„Sehr wohl", sagte Nico. „Legen Sie bitte die Hand auf meine Schulter und folgen Sie mir zur Lichtschleuse."

Im Foyer angekommen, musste Mondmann für ein paar Sekunden die Augen zusammenkneifen. Das Licht blendete ihn, schmerzte. Noch immer hatte er die Situation nicht ganz verstanden, griff in die linke Tasche seines Jacketts, holte Eleonoras Geschenk, das Weihnachtsbäumchen hervor. In weißen Buchstaben auf dunklem Grün stand da: „Mögest du warme Worte an einem kalten Abend haben, Vollmond in einer dunklen Nacht und eine sanfte Straße auf dem Weg nach Hause."

Der Doc schüttelte den Kopf. Seltsam. Was sollte das? Dieser merkwürdige Spruch, dann verschwindet sie so einfach ohne ein Wort zu sagen, ohne Entschuldigung. Hatte er irgend etwas Falsches, etwas Beleidigendes gesagt? War er zu forsch gewesen mit seiner Erzählung vom Schokopainting? Hatte er sie damit abgestoßen? Aber diesen Eindruck hatte sie doch gar nicht gemacht. Im Gegenteil, sie hatte ihn aufgefordert mehr davon zu erzählen. Und dann hatte sie sogar die Initiative ergriffen und sein Gesicht abgetastet. Das Gesicht? Nicht nur das Gesicht. Mondmann griff an sein Jackett, griff dahin, wo innen seine Brieftasche steckte mit dem Geld, der EC- und der Visakarte, dem Personalausweis und dem Führer-schein. Er wurde blass, tastete mehrere Male. Es blieb dabei. Die Brieftasche war weg.

„Sie kennen die Dame?" fragte er Nico. „Haben Sie ihren Namen, ihre Adresse, ihre Telefon-nummer?" Der Kellner schüttelte den Kopf. „Nein, wir kennen sie hier nicht. Sie war noch nie hier. Das erste Mal heute. Warum?"

„Sie hat mir meine Brieftasche geklaut. Mit dem Geld, den Kreditkarten, den Ausweisen. Und das Saublöde ist, dass ich einen kleinen Zettel darin verwahrt habe mit den PIN-Nummern."

„So etwas macht man doch nicht!" sagte Nico. „Das weiß doch jedes Kind. Wie wollen Sie jetzt bezahlen, mein Herr? Haben Sie denn Ihr Handy noch. Können Sie jemanden anrufen, der Sie kennt,

Ihre Identität bestätigt oder für Sie bürgt. Sonst müsste ich leider die Polizei rufen."

Mondmann griff in die rechte Tasche des Jacketts, nickte erleichtert. „Ja, das ist noch da. Das hat sie nicht mitgenommen." Er überlegte. Wen konnte er anrufen? Den Banker? Nach dem Lissabon-Abenteuer noch einmal den Banker einschalten? Nein. Blieb nur die treue Hildegard. Ihr alles zu erklären war weniger peinlich, als von der Polizei abgeführt zu werden.

„Sie sollten die Karten sofort sperren lassen", riet ihm Nico.

„Wie? Bei wem? Ich habe keine Nummern für diesen Notfall. Wen erreiche ich um diese Uhrzeit noch. Es ist halb neun."

„Sie kennen doch Ihre Bank. Was haben Sie für eine Kreditkarte?"

„Visa", gab der Doc Auskunft.

„Na bitte. Haben Sie Ihre Kartennummer?"

„Nein", sagte Mondmann. „Nicht dabei. Zu Hause in irgendeiner Schublade."

„Mein Gott!" entfuhr es dem Kellner. „Was sind Sie leichtsinnig! Wieviel Geld war es denn?"

„Dreihundert Euro."

Der Doc schaltete sein Handy ein, suchte in der Namensliste Hildegard Gabriel, drückte auf ‚Anruf', lauschte nervös dem Rufzeichen, atmete erleichtert auf, als sie das Gespräch annahm.

„Frau Gabriel", sagte er. „Ich sitze in der Klemme. Sie müssen mich auslösen." In kurzen Zügen erklärte er ihr die Geschichte, nannte ihr die Adresse. „Bringen Sie etwas Geld mit!" Er wandte

sich an den Kellner: „Wieviel bin ich schuldig?" –
„Neunzig Euro."

„Neunzig Euro", gab Mondmann an Hildegard
Gabriel weiter. „Nein, hundert", korrigierte er.
„Auf den Schrecken brauche ich erst mal ein paar
Bier hier an der Theke und etwas Trinkgeld für
einen freundlichen Menschen."

„Doc, Doc!" sagte sie. „Was machen Sie denn da
wieder für Sachen. Gut, ich komme. Ich kann Sie ja
nicht hängen lassen. Aber dass ich dann mit Ihnen
schimpfen werde, müssen Sie ertragen."

47

„Doc, Sie sind ja nicht mehr zu retten!"
schimpfte Hildegard Gabriel. „Erst hauen Sie mit
einer durchgeknallten Kellnerin nach Lissabon ab.
Jetzt lassen Sie sich von einer unbekannten Dame
im Dunkeln betasten! Mit Geld und allen Papieren
im Jackett. Was ist mit Fahrzeugschein, Auto- und
Hausschlüssel?"

„Fahrzeugschein und Autoschlüssel sind im
Büro. Den Schlüssel fürs Haus habe ich in der
Hosentasche. Da ist sie nicht dran gegangen."

„Wunderbar. Dann fahre ich Sie jetzt nach
Hause. Sie haben übrigens eine kräftige Fahne. Was
haben Sie denn alles getrunken?"

„Nicht viel. Einen Aperitiv, etwas Wein, na ja,
und dann an der Theke im Foyer drei oder vier
Bier. Na ja, und zwei Ouzo." Entschuldigend fügte
er hinzu: „So etwas muss man ja erst einmal
verdauen."

„Sie müssen die Karten sperren lassen. Wenn es heute Abend nicht mehr geht, dann morgen früh. Aber es ist wahrscheinlich schon zu spät. Die Dame wird sich am Automaten bereits bedient haben. Das wird teuer. Von dem ganzen Ärger mit den Papieren abgesehen. Sind Sie schon einmal beklaut worden?"

Mondmann dachte an Mallorca, an das Abenteuer am nächtlichen Strand, als er leichtsinnig seine Hose auf einem Felsen hatte liegen lassen. Eine Dame hatte sich dann genau mit dieser Hose auf und davon gemacht.

„Schon einmal beklaut?" fragte er nach, um Zeit zu gewinnen. Er fand es besser, nicht von dem Mallorca-Abenteuer zu erzählen. Einmal beklaut zu werden reichte. Für zweimal musste man schon ein Vollidiot sein. In diesen Ruf wollte er seiner Sekretärin gegenüber nicht kommen.

„Nein", gab er an. „Das ist das erste und letzte Mal. Das passiert mir nie wieder."

„Eine Adresse von der Dame haben Sie wahrscheinlich auch nicht. Wenigstens eine Telefonnummer?"

„Nein. Ich weiß nur, dass sie sich Eleonora nennt. Ich kenne Sie aus dem ‚Dating-Café'."

„Haben Sie überprüft, ob sie sich ausgewiesen hat? Das kann man ja beim Profil sehen. Sie sehen dann oben in der Leiste ein Kärtchen mit einem grünen Haken. Haben Sie darauf geachtet?"

„Nein. Ich habe mir nur das Bild und den schönen Text angeguckt. Sie hatte sinnigerweise geschrieben: ‚ Nur Schokolade macht auch nicht glücklich!'"

„Sie verabreden sich und haben noch nicht einmal die Telefonnummer?" Hildegard Gabriel wunderte sich wieder.

„Ja, war ein Fehler. Ich habe ihr einfach vertraut."

„Eine attraktive Frau? Jünger als Sie?"

„Attraktiv? Ja. Jünger auch. Ein paar Jahre aber nur."

„Doc, ich könnte Ihnen jetzt einen schönen Spruch aus dem Volksmund sagen, aber ich verkneife mir das lieber."

„Sagen Sie's ruhig. Ich kann einiges vertragen."

Hildegard Gabriel winkte ab. „Sie können es sich ja denken. Formulieren wir es höflich so: Begierde kann den Verstand ausschalten. Sie wissen, was ich meine?"

„Klar. Wir doofen Männer sind schwanzgesteuert. Aber glauben Sie das wirklich? Wir sind auch nur Menschen."

„Bezweifel ich nicht. Aber einige von ihnen müssten erst erwachsen werden."

Sie hatte sich mit dem Kopf vom Lenkrad weg hinunter bewegt, fummelte am Anhänger des Autoschlüssels herum. „Hier, sehen Sie! Da hängt eine kleine, lederne Sandale. Hat man mir in Italien geschenkt. Das ist der Schuh des Apostels. Es gibt auch weise Männer."

Er hatte kurz hingesehen. „Ja, ja", geantwortet. Dann sah er wieder nach vorne durch die Windschutzscheibe. „Stopp!" schrie er. Sie rasten auf ein Stauende zu. Sie blickte hoch, trat auf die

Bremse. Einen Meter vor dem Wagen vor ihnen kam sie zum Stehen.

„Entschuldigung!" sagte sie durchatmend. „Mit Ihnen lebt man gefährlich."
„Mit Ihnen aber auch!"
„Wie habe ich das nur dreißig Jahre mit Ihnen ausgehalten?" meinte sie.
„Haben wir uns nicht gut vertragen?"

48

Mohammeds Hadith schien sich wieder einmal bestätigt zu haben. "Ich hinterlasse dem Manne keinen schädlicheren Unruhestifter als die Frauen." Aber Mondmann war einsichtig genug, sich selbst einen guten Teil der Schuld zu geben. Und überhaupt: beklaut wurde man im Leben nicht nur von Frauen. Auch Männer klauten. Klauen war nicht geschlechtsspezifisch. Geschlechtsspezifisch war höchstens das sich Beklauen lassen. Da hatte Hildegard Gabriel recht. Wäre er, Mondmann, nicht so begierig gewesen, wäre das alles nicht passiert. Voller Sehnsucht, mal wieder eine Frau zu spüren, hatte er den Verstand ausgeschaltet, war leichtsinnig gewesen. Wie konnte er sich nur im Finstern von einer Unbekannten befummeln lassen, mit einer prallen Brieftasche im Jackett! Jetzt hatte er den Ärger, war um insgesamt 1100 Euro ärmer. Dreihundert aus der Brieftasche, dreihundert mit der Visakarte, fünfhundert mit der EC-Karte. Das hatte er am nächsten Morgen beim Telefonat mit seiner Bank erfahren. Er hatte die Karten sperren lassen, sich neue bestellt, wozu er allerdings persönlich erscheinen musste. Bei dieser Gelegenheit war er auch auf der Polizeiwache gewesen, hatte Anzeige erstattet. Am Abend des nächsten Tages wusste er dann auch, dass man Eleonora nicht fassen würde. Beim ‚Dating Café‘ hatte sie Personalien hinterlassen, die es nicht gab. Das Bild, das sie eingestellt hatte, war wahrscheinlich auch falsch. Auf der Video-aufnahme einer Kölner Sparkasse, ganz in der Nähe der ‚unsicht-Bar‘, war sie nicht zu erkennen. Sie hatte eine Pudelmütze bis zum Kinn hinunter ins Gesicht gezogen. Auf Augenhöhe hatte sie einen Schlitz in die Mütze geschnitten. Sie hatte sich auf ihren Coup gut vorbereitet. Ob sie mit dem Kellner gemeinsame Sache macht? überlegte der Doc. Eleonora oder wie immer sie hieß hatte sich im Dunkeln erstaunlich gut zurechtgefunden. Da konnte man auf die Idee kommen, dass sie nicht das erste Mal im Dunkeln gearbeitet hatte. So etwas wie die ‚unsicht-Bar‘ gab es nicht nur in Köln, sondern auch in anderen Städten. Er musste sich damit abfinden. Das Geld war weg. Und für den neuen Personalausweis hätte er noch ein paar bürokratische Gänge zu erledigen. Danach war die Sache abgehakt. Dank Hildegard Gabriel war es ja glimpflich abgelaufen. Sie hatte ihm die Pein-lichkeit mit der Polizei erspart. War sie nicht die Frau, mit der er gut hätte zusammen leben können?

Als er sich ins ‚Dating Café‘ einloggte und nach Eleonora suchte, fand er heraus, dass sie sich abgemeldet hatte, verschwunden war. Wahr-scheinlich turnte sie jetzt in einem anderen

Partnerschaftsforum herum, mit neuem Bild, neuem Pseudonym und lauerte auf ein neues Opfer. Er hatte keine Lust mehr, sich andere Kandidatinnen anzusehen, sich von Bild zu Bild zu klicken. Dieses sich Anbieten im Internet hatte auch etwas Erniedrigendes, etwas Voyeuristisches, als sei man auf einem Jahrmarkt. Er löschte sein Profil.

49

Seit Mondmann die Krippe im Foyer aufgestellt hatte, ließ sich auch Gisbert Ohm häufiger bei ihm sehen. Der Pfarrer hatte sich merklich von dem Zusammenbruch erholt, war klarer und ruhiger geworden.

„Mir ist zu Ohren gekommen, dass es Einsprüche gegen die Krippe geben soll", sagte er beim Eintritt ins Sprechzimmer. „Von welcher Seite?"

„Muslimischer oder salafistischer. Die Stadt beugt sich im vorauseilenden Gehorsam, empfiehlt die Entfernung der Krippe."

Ohm setzte sich an den Schreibtisch, Mondmann gegenüber. „Ja, ja", meinte er. „Immer dasselbe Lied. Irgendwann weht über dem Rathaus der Halbmond. Kennen Sie den Regensburger Eklat um unseren ehemaligen Papst Benedikt XVI.?"

„Nein."

„Nun, ich kann die skandalträchtige Passage auswendig. Es geht bei dieser Passage um Bekehrung durch Gewalt. 2006 hat Benedikt XVI an der Universität Regensburg eine Vorlesung gehalten und sich zur Gewalt im Islam geäußert. Genauer gesagt: Er hat ein Zitat eines byzantinischen Kaisers benutzt, der sich mit einem persischen Gelehrten über den Islam unterhalten hatte. Der Kaiser, Manuel II, greift das Thema Religion und Gewalt auf und sagt zu seinem Gesprächspartner: ‚Zeig mir doch, was Mohammed Neues gebracht hat, und da wirst du nur Schlechtes und Inhumanes finden wie dies, dass er vorgeschrieben hat, den Glauben, den er predigte, durch das Schwert zu verbreiten'. Benedikt führt weiter aus, wie der Kaiser argumentiert. „Glaubensverbreitung durch Gewalt ist widersinnig. Sie steht im Widerspruch zum Wesen Gottes und zum Wesen der Seele. Gott hat kein Gefallen am Blut." Und Benedikt fährt fort: „Der Glaube ist Frucht der Seele, nicht des Körpers. Wer also jemanden zum Glauben führen will, braucht die Fähigkeit zur guten Rede und ein rechtes Denken, nicht aber Gewalt und Drohung… Um eine vernünftige Seele zu überzeugen, braucht man nicht seinen Arm, nicht Schlagwerkzeuge noch sonst eines der Mittel, durch die man jemanden mit dem Tod bedrohen kann.' Benedikts Vorlesung wurde von Vertretern der islamischen Welt als ‚Hasspredigt' bezeichnet. Das geistliche Oberhaupt des Irans sprach von einem ‚Komplott für einen Kreuzzug'. Daraufhin wurde die Rede in ihrer späteren Drucklegung entschärft. Sie sehen also: Auch der Vatikan knickt ein. Die Muslims können sehr intolerant sein. Sie vertragen keine Kritik Und so etwas will man hier integrieren!"

„Hmm", meinte Mondmann. „Dass man nur Schlechtes und Inhumanes im Koran findet, stimmt doch nicht."

„Hat der Papst auch nicht gesagt. Er hat nur ein Zitat benutzt, mit dem er seinen Finger in die Wunde des Islams gelegt hat. Selbstverständlich enthält der Koran auch viel Schönes, Gutes, Richtiges. Aber leider gibt es im Koran eben auch Textstellen, auf die sich gewaltbereite Islamisten berufen können. Einen Terror, der sich auf die Bibel beruft, gibt es nicht. Jedenfalls heute nicht mehr. Und, verehrter Doktor, neben diesen zur Gewalt aufrufenden Stellen darf man auch das Frauenbild bezweifeln."

„Weiß ich ja", antwortete Mondmann. „Wie ist denn jetzt eigentlich das Verhältnis zwischen der katholischen Kirche und dem Islam. Sie müssten es doch wissen."

„Wir sind zum Dialog angehalten, wollen den Austausch und die friedliche Koexistenz. So will es jedenfalls die Konzilserklärung ‚Nostra Aetate' von 1965. Die Passage kann ich Ihnen sogar wörtlich zitieren. Ich fand sie sinnvoll und bemerkenswert."

„Sie lautet wie?" fragte der Doc.

„Die Heilige Synode ermahnt Christen und Muslime die Zwistigkeiten der Vergangenheit beiseite zu lassen, sich aufrichtig um gegenseitiges Verstehen zu bemühen und gemeinsam einzutreten für Schutz und Förderung der sozialen Gerechtigkeit, der sittlichen Güter und nicht zuletzt des Friedens und der Freiheit für alle Menschen."

„Sehr schön", kommentierte Mondmann. „Ich befürchte nur, die Islamisten sind taub auf diesem Ohr."

„Wahrscheinlich nicht nur die", knurrte Ohm. Und er fuhr fort: „Knicken Sie bitte nicht ein wegen der Krippe! Wenn Sie wollen, stelle ich Ihnen auch noch einen Weihnachtsbaum im Foyer auf."

„Machen Sie das!" antwortete Mondmann.

50

Zwei Tage später saß Suleiman Asbesi dem Doc gegenüber. „Aber Herr Doktor", sagte er. „Da ist jetzt nicht nur die Krippe im Foyer, sondern auch ein Weihnachtsbaum."

„Tatsächlich?" fragte Mondmann unschuldig zurück. „Das müssen Sie mir zeigen. Zugleich ist es auch eine Gehübung. Kommen Sie!"

Mondmann stellte sich neben Asbesi, half ihm, sich aus dem Stuhl zu erheben, fasste ihn an der Schulter, drehte ihn zur Tür, hielt ihn mit dieser Ausrichtung fest. „So, jetzt stellen Sie sich vor, Sie spielen Fußball und treten mit rechts einen Ball. Bitte, machen Sie!"

Asbesi schnellte mit dem rechten Fuß vor. Mondmann bückte sich, hielt den Fuß fest. „So, den haben wir schon mal!" sagte er. „Bleiben Sie so stehen. Und jetzt mit dem linken. Treten Sie vor einen Ball! Holen Sie kräftig aus, so dass Ihr linker Fuß vor den rechten zu stehen kommt."

Suleiman Asbesi schwang das linke Bein nach hinten, dann nach vorne, als würde er einen Ball wegschießen. Der linke Fuß kam etwa einen halben Meter vor dem rechten zu stehen.

„Gut so", lobte Mondmann. „Verharren Sie in dieser Stellung. Sie sehen, wir haben jetzt die ersten Schritte normal vorwärts gemacht. Das wiederholen wir nun Schritt für Schritt, bis wir im Foyer angekommen sind. Strengt es Sie zu sehr an?"
Asbesi schüttelte den Kopf. „Nein, das macht sogar Spaß. Ich freue mich, dass ich endlich wieder einen Schritt vorwärts gemacht habe. Weiter so, Doktor!"

Nach fünf Minuten hatten sie das Foyer erreicht, wo dem seltsamen Duo der Pförtner mit offenem Mund zusah. Asbesi zeigte auf einen Weihnachtsbaum, der neben der Krippe stand. Der Pfarrer hatte ihn mit echten Kerzen und Lametta geschmückt.

„Da, sehen Sie! Da ist er." Suleiman Asbesi zeigte auf den Baum.

„Tatsächlich!" entfuhr es Mondmann. „Den müssen die Weisen aus dem Morgenland mitgebracht haben."

Vor der Krippe blieben sie stehen.

„Herr Asbesi, im Ernst. Was haben Sie gegen das Bäumchen, gegen das unschuldige Kindlein in der Krippe? Gegen seine Mutter Maria? Gegen ihren Mann Josef? Gegen die Heiligen Drei Könige. Sie versammeln sich alle in einem einfachen Stall und nicht im Palast eines saudischen Ölscheichs. Lassen Sie uns doch unsere Bilder und Symbole. Wie kann man dagegen Protest einlegen, eine Beschwerde bei der Stadt einreichen? Sie sind Gast in meinem Land, Gast in meinem Haus. Sie können sich hier nicht aufspielen, als müsse alles nach Ihrer Pfeife tanzen. Gehen Sie jetzt vorwärts auf Ihr Zimmer, schreiben Sie einen Brief an die Stadt, ziehen Sie Ihre Beschwerde zurück. Sonst muss ich von meinem Hausrecht Gebrauch machen. Dann wird ein Zimmer frei. Die Warteliste ist lang genug."

51

Mondmann saß an seinem Schreibtisch, hatte die Ellenbogen auf die Tischplatte gestemmt, den Kopf zwischen den Handflächen gestützt. Er überlegte, ob er mit Asbesi nicht zu hart umgesprungen war. Aber da klopfte es auch schon. Der Doc hob den Kopf, runzelte die Stirn, sagte nichts. Die Tür öffnete sich auch ohne die Aufforderung herein zu kommen. Suleiman Asbesi erschien. Dieses Mal ohne das übliche „Allahu Akbar". Er steuerte, allerdings in der Weise eines Roboters, vorwärts auf Mondmann zu. „Darf ich mich setzen?" fragte er.

„Bitte!" antwortete der Doc. „Wie ich sehe, klappt das mit dem Vorwärtsgang schon erheblich besser."

„Ja", stimmte Asbesi zu. „Es sieht wahrscheinlich noch unbeholfen aus, aber es ist endlich ein Fortschritt. Herr Dr. Mondmann, ich möchte mich bei Ihnen bedanken. Und dann noch etwas. Ist es nicht besser, wir begraben das Kriegsbeil? So etwas steht nämlich auch im Koran."

Mondmann nahm die Ellenbogen vom Schreibtisch, lehnte sich in seinem Sessel zurück.

„Aha!" sagte er. „Das ist eine gute Idee. Sie werden also Ihre Beschwerde widerrufen."

„Das weiß ich noch nicht. Ich schlage Ihnen einen Deal vor."

„Einen Deal?" Mondmann beugte sich nach vorne, sah Asbesi aufmerksam an.

„Ja. So könnte man es nennen. Aber es ist etwas anderes. Ich habe ja nichts davon, keinerlei Vorteil. Den haben nur Sie. Sie lernen dabei auch den Islam besser kennen."

„So? Da bin ich aber gespannt."

„Sind Sie verheiratet, Herr Doktor?"

„Nein."

„Haben Sie eine Freundin oder sind Sie in einer Beziehung?"

Mondmann überlegte. Was sollte dieses ‚oder'. Zu einer Freundin hatte man doch eine Beziehung. Hatte Asbesi etwa gefragt, ob er schwul sei?

„Nein", antwortete der Doc. „Zur Zeit keine Freundin, keine Beziehung."

„Gut", meinte Suleiman Asbesi. „Das ist sehr gut."

Der Afghane griff nach hinten an seine Hose, zog ein Portemonnaie hervor, klappte es auf, entnahm dem Fach, wo ein paar Geldscheine steckten, zwei Passfotos, schob sie Mondmann zu. „Das sind Ayla und Aishe, Zwillingsschwestern aus Damaskus. Sie sind 38 Jahre alt, Muslima. Auf der Balkanroute sind sie vor ein paar Wochen nach Deutschland gekommen, leben jetzt in einer Turnhalle in Tannenbusch. Der Asylantrag läuft."

Mondmann nahm die Fotos, betrachtete sie. „Sehr schöne Frauen. Aber was wollen Sie mir damit sagen?"

„Sehen Sie, Herr Doktor. Beide Schwestern wollen heiraten, wollen sich aber nicht trennen. Verstehen Sie?"

Mondmann nickte. „Ich ahne es. Sie wollen, dass ich beide heirate. Stimmt's?"

„Es wäre eine Möglichkeit", sagte Asbesi, indem er das ‚wäre' sehr gedehnt und langsam aussprach.

„Wie soll das gehen? Erstens bin ich 27 Jahre älter, zweitens dürfte ich nur eine heiraten."

„Das Alter, Herr Doktor, ist kein Problem. Sie sind doch ein Mann in den besten Jahren. Im Islam gucken wir nicht auf den Altersunterschied. Außerdem, was sind schon 27 Jahre? Schauen Sie nach Hollywood. Da ist es noch viel krasser. Da heiratet der Mann noch auf dem Totenbett eine 80 Jahre Jüngere."

„Sie übertreiben, Herr Asbesi!"

„Mag sein. Ich wollte es nur deutlich machen. Also, das mit der Heirat ist kein Problem. Sie treten zum Islam über, lernen unsere Religion von innen kennen und haben zwei Frauen auf einmal. Sehen Sie, ich bin mit einer deutschen Frau verheiratet. Es ist für mich die Hölle. Sie macht mir andauernd Vorschriften, will mich erziehen, gehorcht mir nicht. Deutsche Frauen sind vorlaut und unverschämt. Das ist bei einer Muslima ganz anders."

„So, so. Warum haben Sie dann keine Muslima geheiratet? Oder gleich zwei?"

„Herr Doktor, als ich damals nach Deutschland gekommen bin, hatte ich kein Geld, keine Aufenthaltsgenehmigung. Die Heirat war für mich der Ausweg. In Afghanistan war ich so arm, dass ich mir noch nicht einmal nur eine Frau leisten konnte. Sie aber sind ein reicher, angesehener Mann. Sie haben bestimmt eine große Wohnung oder ein Haus. Was könnte da schöner sein, als mit zwei Schwestern, die sich gut verstehen, zusammen zu leben?"

Mondmann lehnte den Kopf in den Nacken zurück, blickte zur Decke. Nach einer Weile sagte er: „Offen gestanden, verlockend ist das schon. Aber angenommen, ich trete tatsächlich zum Islam über, darf ich dann hier in Deutschland zwei Frauen heiraten?"

„Selbstverständlich", antwortete Suleiman Asbesi. „Das wird inzwischen anerkannt. Sie geben Ayla und Aishe vor dem Imam das Jawort, bekommen ein Dokument darüber und gehen damit ins Bonner Rathaus. Dann haben Sie zwei Frauen. So einfach ist das."

„Aber könnten die Beiden nicht etwas Jüngeres, Attraktiveres finden? Ihresgleichen sozusagen."

„Nein, wen denn? Zwei Frauen zu unterhalten ist teuer. Das kann von den Flüchtlingen keiner.

Und, wie gesagt, die Beiden wollen sich nicht trennen."

„Tja, Herr Asbesi, Sie überraschen mich mal wieder. Wir wissen ja noch gar nicht, ob die beiden Schwestern so etwas überhaupt wollen. Wir sind nicht auf einem orientalischen Markt, wo Hühner verkauft werden. Also, was ist, wenn ich darauf nicht eingehe? Ziehen Sie Ihre Beschwerde zurück?"

„Das weiß ich noch nicht. Aber, Herr Doktor, ich will keinen Krieg mit Ihnen. Sie haben mir sehr geholfen. Wenn ich durch das Foyer gehe, kann ich ja an der Krippe und dem Baum vorbei gucken. Ich werde es mir überlegen. So, wie Sie sich bitte mein Angebot überlegen. Es ist ganz einfach. Ich mache Sie mit den Beiden bekannt. Seien Sie versichert, dass die Schwestern sehr froh sein werden."

Asbesi erhob sich, ging ein paar Schritte vorwärts auf die Tür zu, drehte sich zu Mondmann um und sagte: „Also, Herr Doktor, überlegen Sie sich das. Soviel Glück findet ein Mann nur einmal im Leben."

„Vergessen Sie's!" antwortete Mondmann.

52

„Doc, in ein paar Tagen ist Weihnachten. Sie denken noch an den Vortrag?" erinnerte Hildegard Gabriel.

„Ach so, der Vortrag. Ja, hmm. Heute ist der, der wievielte?"

„Der 21. Dezember, Montag."

„Okay. Vorbereiten werde ich nichts. Künden Sie den Vortrag an für morgen Abend. Thema: ‚Die weihnachtliche Krippe'."

„Sie wollen über die Weihnachtskrippe reden?"

„Ja, warum nicht?"

„Sie erstaunen einen doch immer wieder. Also gut, morgen Abend. 19 Uhr. Ist das in Ordnung?"

„Ja, das ist gut so. Machen Sie bitte ein Plakat fertig. Auch wenn es nicht jeder liest, wird sich das rasch unter den Gästen herumsprechen. Auf dem Plakat können Sie auch direkt mit ankündigen, dass es am Heiligen Abend im Foyer eine Weihnachtsfeier gibt. Mit Wein, Bier, Sekt und einem Buffet. Sagen wir ab 18 Uhr, nein 17 Uhr, da ist es schon dunkel."

„So etwas haben wir noch nie gemacht", sagte Hildegard Gabriel.

„Ich weiß. Dann fangen wir jetzt damit an."

„Auf den Vortrag bin ich gespannt", bemerkte Hildegard Gabriel. „Darf ich kommen, auch wenn außerhalb unserer Büros frauenfreie Zone ist?"

„Selbstverständlich. So eng sehe ich das nicht. Stühle haben wir genug. Kaplan und Donrath werden wohl wie gewohnt nicht kommen. Und Herr Asbesi dürfte solch einem Thema auch fern bleiben."

„Asbesi, ja Asbesi", warf Hildegard Gabriel ein. „Fast hätte ich es vergessen. Da kam heute eine Nachfrage der Stadt. Ob in unserer Kantine auch ‚halal' gekocht würde. Ich habe zuerst nichts damit anfangen können. Dann habe ich mich im Internet schlau gemacht. Wissen Sie, was ‚halal' bedeutet?"

„Ja, weiß ich", sagte Mondmann. „Ich beschäftige mich ja seit einiger Zeit mit dem Islam. ‚Halal' bedeutet die islamgerechte Schlachtung der Tiere, die in den Topf kommen. Denen wird die Kehle durchgeschnitten, ohne Betäubung. Sie brauchen mir auch nicht zu sagen, wer die Nachfrage der Stadt verursacht hat. Ich denke, Herr Asbesi wird sich beschwert haben. Aber wir stellen unser Essen nicht um. Er kann sich vegetarisch bedienen. Das haben wir ja im Angebot. Das reicht. Der Mann kann uns nicht den ganzen Laden umkrempeln mit seinen Sonderwünschen. Wie kam übrigens die Nachfrage? Schriftlich, telefonisch?"

„Telefonisch."

„Und? Was haben Sie gesagt?"

„Ich müsste Sie erst fragen, was es damit auf sich hat. Ich konnte ja nichts anfangen mit dem Begriff ‚halal'. Und dumm wollte ich am Telefon auch nicht erscheinen Ich hätte den Anruf gerne weitergeleitet, aber Sie waren nicht da."

„Frau Gabriel, melden die sich noch einmal, dann sagen Sie bitte, ich hätte gesagt, die Stadt hätte einen an der Waffel. Wir seien zwar ein Irrenhaus, aber so verrückt wie die seien wir nicht."

„Darf ich das so sagen? Sie meinen das ernst?"

„Ja. Sagen Sie das bitte so!"

53

Am Montag um zwölf kam auch Widalla. Er hatte ein Pflaster an der linken Schläfe, hielt in der

Hand eine Sporttasche. Mondmann kam ihm, als er eintrat, entgegen, schüttelte seine Hand.

„Was ist passiert?" fragte er.

„Ich habe Ihren Tipp befolgt, um mein Gewissen zu erleichtern."

„Welchen Tipp?"

„Ich habe meine Frau geschickt, um die Post zu holen."

„Ach so. Und? Setzen Sie sich doch erst. Da redet es sich leichter."

Herbert Widalla setzte sich Mondmann gegenüber an den Schreibtisch.

„Nun ja", begann er. „Meine Frau geht im Morgenmantel nach unten. Da steht schon die Rumänin und wartet. ‚Kommt ihr Mann nicht?' fragt sie. ‚Warum?' fragt meine Frau zurück. ‚Wollen Sie mir etwa den Hengst machen?' sagt die Rumänin schnippisch und verschwindet. Meine Frau läuft die Treppe hoch, kommt wutschnaubend an den Frühstückstisch, greift zur Kaffeekanne, haut sie mir auf den Kopf. ‚Du Schwein!' schreit sie. ‚Deshalb also wolltest du immer die Post holen. Bin ich dir nicht mehr genug? Verschwinde! Lass dich nicht mehr bei mir sehen!' Herr Doktor, da tobte ein Vulkan. Es ist mir nicht gelungen, sie zu beruhigen. Ich habe eine Tasche gepackt und jetzt bin ich hier. Bitte besorgen Sie mir ein Zimmer und wenn es die Besenkammer ist."

„Es ist alles belegt", sagte Mondmann bedauernd. „Ziehen Sie in ein Hotel, bis der Orkan sich gelegt hat oder wohnen Sie bei Freunden."

„Ich möchte niemandem lästig werden. Die Freunde sind alle verheiratet. Hotel? Halte ich nicht aus. Ich brauche Gesellschaft. Bitte!"

Mondmann runzelte die Stirn, strich sich mit der Hand über das Kinn. „Da war mein Tipp wohl doch nicht so gut. Das hätte man anders lösen müssen. Aber ich denke, jetzt ist auch das Tourette-Syndrom verschwunden. Also, Herr Widalla, es gäbe da, wenn Sie einverstanden sind, eine Notlösung."

„Hier, bei Ihnen im Haus?"

„Ja, hier im Haus. Sie besorgen sich bitte eine Luftmatratze und eine Decke oder einen Schlafsack. Sie können in der Pförtnerloge wohnen. Da haben Sie einen Tisch, einen Stuhl, eine Kaffeemaschine. Für die Matratze ist abends Platz genug auf dem Boden. Essen können Sie in der Kantine. Unsere Spielangebote dürfen Sie selbstverständlich auch wahrnehmen. Sie müssten tagsüber allerdings den Pförtnerdienst versehen."

„Und der Pförtner jetzt?"

„Der bekommt von mir beziehungsweise von Ihnen bezahlten Urlaub. Jetzt kommen sowieso einige Feiertage. Weihnachten, Sylvester. Es ist eine Übergangslösung."

„Was muss ich als Pförtner tun?"

„Nicht viel. Sie nehmen Anrufe entgegen, leiten sie weiter zu Frau Gabriel. Falls eine Frau kommt, um ihren Mann zu besuchen, rufen Sie im betreffenden Zimmer an und fragen, ob der Mann das will. Eine Liste mit den Nummern liegt auf dem Tisch. Das wäre es im Wesentlichen. Sie sehen, es ist ein leichter Job."

189

Widalla nickte. „Gut, mache ich. Das ist besser, als alleine im Hotel zu sitzen oder zu Hause verprügelt zu werden."

54

Die Stühle im Vortragssaal des Mondmannschen Hauses waren wie üblich zu je zehnt in vier Halbkreisen angeordnet. Vorne stand ein Pult, wo man das Manuskript auflegen konnte. Aber dieses Pult hatte noch nie ein Manuskript gesehen, weil Mondmann sich nie vorbereitete, sondern stets aus dem Stegreif sprach. Alle vierzig Stühle waren an diesem Abend belegt. Selbst Kaplan, der Mathematikprofessor, und Donrath, der Meteoritenjäger, waren gekommen. Und wider Erwarten war auch Suleiman Asbesi erschienen. Die Symmetrie der Stühle wurde nur in der ersten Reihe unterbrochen. Dorthin hatte Mondmann einen elften Stuhl bringen lassen. Der war für Hildegard Gabriel. Sie war die erste Frau, die einem Vortrag des Doc zuhörte. Neben ihr, zufällig oder weniger zufällig, saß der Afghane. Und es gab in der ersten Reihe auch noch einen zwölften Stuhl. Herbert Widalla hatte vor dem Vortrag einen Gesprächstermin bei Mondmann gehabt, von dem Vortrag erfahren und den Doc gebeten, zuhören zu dürfen. „Selbstverständlich", hatte Mondmann geantwortet. „Kommen Sie!"

Pünktlich um 19 Uhr erschien der Doc mit einer Stofftasche in der Hand. Er legte die Tasche auf das Pult, ging ein paar Schritte vor, so dass es nicht aussah, als würde er sich dahinter verstecken wollen.

„Liebe Gäste, liebe Frau Gabriel", begann er. „Vielleicht wundert ihr euch über das Thema. Weihnachtskrippe. Wie kann man darüber reden? Ich weiß es auch noch nicht. Aber ich versuche es einmal. Ihr kennt das ja. Mir will es einfach nicht gelingen, einen Vortrag vorzubereiten. Ich muss reden, wie mir die Einfälle kommen. Manchmal, in der Vergangenheit, kam gar nichts. Dann war die Rede kurz und wir sind Billard spielen gegangen. War das schlimm? Nein. Mal sehen, wie es heute kommt. Bevor ich jedoch über die Weihnachtskrippe rede, will ich sie an euch verteilen. Ich habe für jeden eine kleine Krippe in einer Walnussschale, also eine Krippe in Miniatur. Ihr könnt da das Jesuskind in der Wiege sehen, daneben Josef und Maria. Über ihnen, wie ein Komet, ist der Stern von Bethlehem. Ich finde, dass diese Krippe etwas Rührendes hat. Sie ist sehr einfach, bescheiden. Unsere Krippe im Foyer hat noch etwas mehr Inventar. Einen Engel, die Heiligen Drei Könige und einen Esel. Das alles hätte nicht in die Nussschale gepasst. Hier konzentriert man sich auf das Wesentliche. Mit diesem Geschenk möchte ich ein Zeichen setzen, worum es bei unserem Weihnachtsfest eigentlich geht. Ich muss euch ja nicht mehr sagen, dass dieses Fest heutzutage eher ein Feiertag für die Wirtschaft ist, eine Hollywood-Veranstaltung. sinnentleert. Diese Krippe in der Nussschale sehe ich wie ein Symbol für unser eigenes Leben. Wir kommen nackt zur Welt, sind symbolisch auf Stroh gebettet, dürfen uns eine Zeit lang mehr oder weniger am Leben erfreuen, treten

191

dann wieder ab. Wohin weiß niemand. Über der Krippe aber seht ihr den Stern. Er ist eine Verheißung. Ebenso wie derjenige, der da in der Wiege liegt. Glauben wir noch daran? Ich weiß es nicht. Jetzt will ich aber erst einmal die Krippen verteilen. Jeder nehme sich bitte eine Walnussschale heraus."

Mondmann ging zurück zum Pult, nahm die Tasche, ging die Stuhlreihen entlang. Die Patienten, beziehungsweise Gäste, guckten, griffen hinein, holten sich eine Krippe heraus, hielten die Miniatur zwischen den Fingern, drehten sie, begutachteten sie. „Niedlich", sagten einige. „Hübsch." „Anrührend und so einfach." An Hildegard Gabriel ging Mondmann vorbei, lächelte mit einem Augenzwinkern. Sie hatte ja schon eine. Auch Suleiman Asbesi fasste in die Tasche. Er drehte die Walnussschale in seinen Händen, blickte dann fragend zu seiner Nachbarin und reichte sie ihr. Die schüttelte den Kopf und gab sie zurück.

Als Mondmann die Krippen verteilt hatte, stellte er sich vor das Pult. „Also", begann er den zweiten Teil, „seht euch die Krippe an, denkt darüber nach oder erfreut euch einfach an ihrer Schönheit, an ihrem Heilsversprechen. Wie gesagt, ich wollte nur ein kleines Zeichen setzen. Denn, so scheint mir, wir leben in einer Zeit der Gottesgleichgültigkeit. Wir haben den Himmel vergessen, veruntreut. Das ist die Wurzel allen Übels, aller Sorgen, aller Katastrophen, die uns begegnen. Die Welt ohne die Gegenwart Gottes ist aus den Fugen geraten. Wir sind dem Materialismus verfallen, folgen dem ‚American Way of Life'. Der Osten schlägt mit

Terror zurück, den er Dschihad nennt, heiligen Krieg. Aber daran ist nichts heilig, auch wenn sich Islamisten auf einige Stellen des Korans berufen, die zum Töten der Ungläubigen, der Andersgläubigen auffordern oder aufzufordern scheinen. Der Koran mit seinen zahlreichen Stellen, die über die Barmherzigkeit sprechen, gibt insgesamt so etwas nicht her. Auch wenn er in mancher Hinsicht widersprüchlich ist. Und so sollten wir uns hüten, Muslime und Islamisten in einen Topf zu werfen. Das sage ich wegen der Stimmung in unserem Land."

Suleiman Asbesi erhob sich. „Herr Doktor Mondmann, Sie verunglimpfen meine Religion. Der Koran ist nicht widersprüchlich. Wir achten sogar die Frauen. Aber die deutschen Frauen achten uns nicht. Sie kennen ja meinen Fall."

„Was ist denn passiert?" rief jemand aus der hinteren Reihe Mondmann zu.

„Das soll, wenn er will, Herr Asbesi selbst erzählen."

„Ich denke nicht daran", knurrte Suleiman Asbesi. „Aber an meinem Fall könnt ihr sehen, dass nicht der Koran widersprüchlich ist, sondern die deutsche Frau. Sie kleiden sich aufreizend, tänzeln vor einem herum, und will man dann was, hauen sie einem die Pfanne auf den Kopf."

„Darum geht es doch jetzt nicht", rief wieder jemand aus der hinteren Reihe.

Suleiman Asbesi drehte sich um, zischte „Idiot", setzte sich. Mondmann hatte damit gerechnet, dass er den Raum verlassen würde. Aber das tat er nicht.

„Also weiter", nahm Mondmann den Vortrag wieder auf.

„Alle Religionen wohnen unter einem gemeinsamen universellen, göttlichen Dach. Universell? Universum? Was sage ich? Kosmos wäre das bessere Wort. Also, die Religionen wohnen unter einem gemeinsamen Dach. Sie richten nur ihre Zimmer nach eigenen Vorstellungen ein. Wir Katholiken lieben zum Beispiel in unseren Kirchen die anschauliche Bilderwelt der Figuren und Malereien. Der Islam verzichtet auf diese Bilderwelt, hat dafür aber die kristallklare Schönheit der Moscheen. Unter dem gemeinsamen göttlichen Dach muss man sich vertragen können. Sonst läuft alles schief. Eine Gesellschaft, die den Bezug zum Göttlichen verloren hat, die dieses Dach nicht mehr kennt, nicht mehr teilt, nicht mehr barmherzig ist, ist zum Untergang verurteilt.

Worüber wollte ich eigentlich reden? Nicht über den Untergang. Ach ja, die Krippe. Wünschen wir uns nicht eine heile, behütete, barmherzige Welt, so wie es uns diese Nussschale zeigt? Die Familie, die ihr seht, ist auf der Flucht vor einem mörderischen Tyrannen. Sie ist froh, eine bescheidene, sichere Unterkunft gefunden zu haben. Später kommen drei reiche Könige aus dem Morgenland, um etwas von ihrem Besitz zu teilen. Ihr wisst, worauf ich anspiele. Die Barmherzigkeit würde es schaffen. Der Reichtum ist da. Der materielle. Aber weniger der des Herzens. Viele Notleidende sind unterwegs, auf der Flucht, so wie damals diese Familie, die ihr vor euch seht. Unser Christentum, das es vielleicht gar nicht mehr gibt oder das vielleicht nur schwach geworden ist, steht vor einer Zerreißprobe, steht auf dem Prüfstand. Wenn wir es nicht schaffen zu teilen, werden diese Menschen untergehen. Aber wir auch."

„Was soll das?" rief jemand aus der hinteren Reihe. „Das sind doch nicht nur Familien. Das sind junge Männer. Schläfer, Gefährder. Sie werden unsere Frauen belästigen, uns ausrauben. Sie werden mit Begrüßungsgeld empfangen, kaufen sich ein Handy, rufen an und sagen: ,Kommt alle nach. Hier ist es schön."

„Das zu sortieren", entgegnete Mondmann, „ist Aufgabe der Politik. Ich habe nur aus dem Geist der christlichen Weihnachtsbotschaft geredet. Mehr wollte ich auch nicht und sage zum Schluss nur noch ,Solo dios, basta!'"

55

Nach dem Vortrag kam Suleiman Asbesi zum Doc. „Herr Dr. Mondmann, ich protestiere. So dürfen Sie den Islam nicht behandeln."

„Was habe ich denn gesagt? Ich habe gesagt, dass der Koran in sich widersprüchliche Stellen enthält. Ich kenne den Koran offensichtlich besser als Sie. In Sure 1, der Eröffnenden, heißt es ,Im Namen Gottes, des Barmherzigen, des Erbarmers.' In Sure 2, al baqara, kommt die Tötung der Ungläubigen vor. Zugleich aber auch, und zwar

195

zur Einleitung, die Barmherzigkeit. Sind das nicht Widersprüche? Dass der Koran ideologisch missbraucht werden kann, sieht man doch schon daran, dass ihr euch gegenseitig mordet. Sunniten gegen Shiiten. Das sind Verhältnisse wie damals bei uns im Dreißigjährigen Krieg, als die Katholiken gegen die Reformierten kämpften. Das ist aber Gott sei Dank fast vierhundert Jahre her."

Widalla hatte sich zu den beiden gesellt. Er strahlte über das ganze Gesicht, sagte: „Herr Dr. Mondmann, Sie haben mich auf eine tolle Idee gebracht. Ich werde die Matthäus-Passion in einer Moschee aufführen. Was halten Sie davon?"

„Schön. Versuchen Sie das! Dann kommen sich die beiden Religionen ein Stückchen näher."

Aus den Augenwinkeln bemerkte der Doc, dass Hildegard Gabriel, die noch eine Weile sitzen geblieben war, im Türrahmen stand, als zögere sie, endgültig den Raum zu verlassen.

„Halt!" rief er ihr zu. „Warten Sie! Laufen Sie nicht weg!"

Dann wandte er sich wieder zu Asbesi und Widalla, sagte: „Entschuldigen Sie mich bitte. Frau Gabriel und ich haben noch etwas zu besprechen."

56

Bei einem Glas Burgunder saßen sie an einem der Tische in der ‚Lustigen Witwe'. Hildegard Gabriel zeigte diskret zur Theke, sagte: „Den Mann da kenne ich. Irgendwo ist er mir schon begegnet."

Mondmann sah hin. „Ach ja, das ist Münchmeier, emeritierter Literaturprofessor. Er ist wohl jeden Abend hier, hat eine Flatrate."

„Flatrate?"

„Ja. Er will nicht, dass man ihm kleinlich jedes Glas Wein berechnet. Er hat mit dem Wirt ein großzügiges Arrangement getroffen."

„Sie kennen ihn?"

„Ja. Er war vor ein paar Tagen bei mir in der Sprechstunde."

„Er hat ein Problem?"

„Offensichtlich. Nun, eigentlich dürfte ich nicht darüber reden. Aber Sie gehören ja zum Haus. Da darf ich das. Vor einem Jahr hat er mal für drei Monate bei uns gewohnt. Sie müssten ihn von der Akte her kennen."

Hildegard Gabriel nickte. „Ja, ich erinnere mich. Was hatte er denn für Probleme?"

„Er stand zwischen zwei Frauen, konnte sich nicht entscheiden. Das hat sein Gewissen belastet. Nicht durch den Umstand, doppelt gesegnet zu sein, sondern durch das andauernde Lügen und Erfinden von Alibis. Und jetzt hat er sich wieder in die Situation geritten und ertränkt sie."

„Und Sie? Kennen Sie so etwas?"

Mondmann schüttelte den Kopf. „Nein, in der Verlegenheit war ich noch nicht, kann den Konflikt aber nachvollziehen. Bei Münchmeier glaube ich langsam, dass er sich immer wieder in solch eine Lage bringt, um ein Alibi für den Wein zu haben. Er ist ein so genannter Konfliktsäufer, also jemand, der Konflikte herbeiführt, um eine Entschuldigung für das Trinken zu haben."

„Als Professor müsste er doch eigentlich klüger sein."

„Ach, Frau Gabriel, Sie wissen ja: Bildung schützt vor Torheit nicht."

„Wie wollen Sie ihm helfen?"

„Ich habe ihm geraten, zum Islam überzutreten. Da kann er sogar vier Frauen haben."

„Und?"

„War ihm zu teuer."

„Kann er sich doch vier begüterte Frauen suchen."

„Unmöglich. Sobald eine Frau selbstständig ist, läuft das Spiel nur eins zu eins."

„Komisch", meinte Hildegard Gabriel, „dass er uns nicht zu bemerken scheint."

„Es ist ihm vielleicht peinlich, hier seinen Psychiater zu treffen. Ich vermute aber eher, er nutzt seine Flatrate aus und ist in das Dekolleté der Kellnerin vertieft."

„Anschauen ist ja okay. Er grapscht wenigstens nicht."

„Sagen Sie, Doc", fragte sie nach einer Weile, „wissen Sie, wo diese Maya Romero ist? Haben Sie diese Frau noch einmal gesehen?"

„Nein, ich weiß nicht, wo sie ist. Ich vermute, sie ist nach Angola gegangen, um eine gut bezahlte Arbeit zu finden."

„Nach Afrika?"

„Ja. Angola war früher portugiesische Kolonie. Heute kehren sich die Verhältnisse um. Angola ist reich durch Bodenschätze, Portugal verarmt seit dem Eintritt in den Euro. Immer mehr arbeitslose Portugiesen gehen nach Angola."

„Und von Vogel, den Sie auf den Jakobsweg geschickt haben? Haben Sie von ihm noch etwas gehört? Was stand denn in dem Brief, wenn ich neugierig sein darf?"

„Vogel ist nicht den Jakobsweg gegangen. Der war ihm zu überlaufen. Statt dessen ist er in die Sierra Nevada gefahren, um dort in der Einsamkeit zu gehen. Das ist aber nicht das eigentlich Komische."

„Sondern?"

„Na ja, schon am ersten Tag folgt ihm ein Hund und bleibt jedes Mal in etwa hundert Metern Entfernung stehen, wenn Vogel Halt macht. Der Hund beobachtet ihn abwartend. Am zweiten Tag sind es achtzig Meter, am dritten fünfzig, am vierten ist der Hund neben ihm. ‚Was bist du nur für ein hässliches Vieh', denkt Vogel. ‚Aber gut, jetzt bist du hier, und jetzt gehen wir zusammen.' Aus seinem Hosengürtel bastelt er sich eine Leine. So kommt er, den Hund an seiner Seite, in die Randbezirke von Granada. Da er Durst hat, geht er mit dem Hund ins erstbeste Bistro, um sich ein Cerveza, ein Bier, zu bestellen. Aber da springen die Spanier fluchend von ihren Barhockern, schimpfen, schreien, zetern und dirigieren die beiden mit Tritten hinaus."

„Hunde sind also tabu in Restaurants?"

„Ja. Aber das wäre nicht so schlimm gewesen. Man hätte die beiden höflich aufgefordert, das Bistro zu verlassen. Aber in diesem Fall… Nun ja, Vogels Hund war in Wirklichkeit eine Hyäne."

Hildegard Gabriel lachte, schüttelte den Kopf. Das Haar, das sie an diesem Abend offen und schulterlang trug, gab den Blick frei auf zwei Ohrstecker, die eine goldene Muschel zeigten.

„Sweet!" murmelte Mondmann.

„Was haben Sie gesagt?"

„Ach, nichts", antwortete er.

57

Gegen halb fünf war es dunkel geworden. Das Wetter war an diesem Heiligen Abend immer noch ungewöhnlich mild. Fünfzehn Grad schienen den Prophezeiungen einer apokalyptischen Erwärmung des Klimas recht zu geben. Es waren Temperaturen wie sie um diese Jahreszeit für die portugiesische Algarve oder für Málaga üblich waren.

Im Foyer des Mondmannschen Hauses war ein Buffet aufgebaut. Der Doc hatte zuerst den Banker anrufen, fragen wollen, ob er die Kosten für das Weihnachtsbuffet zu den normalen Ausgaben rechnen dürfte, hatte es dann aber gelassen, abgewunken, sich gesagt: „Ich habe hier Jahrzehnte lang gut verdient. Jetzt gebe ich einen Teil zurück. Es ist das Weihnachtsfest, zu dem ich das Haus einlade."

Bis auf Suleiman Asbesi waren alle da. Als erste Hildegard Gabriel. „Schön, dass du gekommen bist", hatte der Doc sie begrüßt. Auch der Pförtner, der offensichtlich keine Familie hatte und mit seinem Urlaub nichts anzufangen wusste, war erschienen, froh, an diesem besonderen Tag Gesellschaft zu haben. Entlang der Fensterfront des Foyers waren Tische aufgebaut. Hier hatte

Mondmann von einem Catering-Service Leckereien auffahren lassen. Es hätte einer Hochzeitsparty in Hollywood zur Ehre gereicht. Der Doc hatte sich gesagt: „So ein Weihnachtsfest gibt es nur einmal."

Da standen auf den Tischen Blattsalate mit verschiedenen Dressings, Melonenschiffchen mit zartem Serranoschinken, Tomaten-Mozzarella Kugeln im Glas, marinierte Champignons, Caprese an Basilikumpesto, Lachsfilet auf Hummernsoße, internationale Käsespezialitäten mit Feigensenf, Räucherforellen mit Meerrettich. Für den kräftigen Hunger gab es Schweinerückenbraten gefüllt mit Äpfeln und Zwiebeln in Calvados-Creme, gebratene Putenbrust mit Tomatensugo, gartenfrische Gemüse, Rosmarinkartoffeln, Butternudeln. Für ein Dessert konnte man sich an einer Joghurtterrine mit Früchten bedienen oder zum süßen Tiramisu greifen oder zu einer Capuccinocreme mit Sahnehaube.

Der Service hatte für alles gesorgt. Für Geschirr, Stehtische und natürlich auch für die Getränke. Es gab ein Fünfzig-Liter-Fass Bier, reichlich Grauen Burgunder, Sekt zum ersten Anstoßen, und dann die üblichen Flüssigkeiten für diejenigen, die ohne Alkohol bleiben wollten. Aber an diesem Abend entschieden sich alle zumindest für ein oder zwei Glas Sekt und hatten das Glas schon vor sich auf den Tischen. In der Hand hielten sie eine Wunderkerze, die ihnen Mondmann zur Begrüßung gegeben hatte. „Ein bisschen Kinderspektakel muss sein", hatte er gesagt. „Das erfreut auch noch uns Erwachsene." Widalla, der übergangsweise den Pförtnerdienst versah, hatte die Kerzen am Baum schon angezündet. Sie verbreiteten ein angenehmes, warmes Licht. Mondmann hatte sich neben die Pförtnerloge gestellt. Er hatte eine Bibel in der Hand. Als Lesezeichen steckte darin eine Wunderkerze.

„Salute!" eröffnete Mondmann die Weihnachtsparty. „Ich weiß, dass es ein bisschen seltsam ist, im Angesicht des Stalls und des armen Jesuskindes hier zu schlemmen. Aber laut Bibel war es auch kein Stall, sondern die Weisen aus dem Morgenland, manchmal werden sie auch als Sterndeuter bezeichnet, suchten ein Haus auf. Und sicher haben sie nicht nur Spezereien mitgebracht, sondern auch etwas Leckeres zum Essen. Ich lese euch die Stelle einmal vor, damit unser schlechtes Gewissen, falls wir eins haben, etwas gemildert wird."

Der Doc stellte sich neben die Pförtnerloge, schlug die Bibel auf und las vor:

„Und siehe, der Stern, den sie im Morgenland gesehen hatten, ging vor ihnen hin, bis dass er kam und stand oben über, wo das Kindlein war. Da sie den Stern sahen, waren sie hoch erfreut und gingen in das Haus und fanden das Kindlein mit Maria, seiner Mutter, und fielen nieder und beteten es an und taten ihre Schätze auf und schenkten ihm Gold, Weihrauch und Myrrhe."

Mondmann machte eine Pause, schmunzelte. „Ihr seht also, dass es dem Jesuskind zumindest am Anfang an nichts fehlte. Für das geschenkte Gold hätte es sich auch so ein Buffet leisten können.

Weiter seht ihr auch, dass der arme Josef überhaupt nicht erwähnt wird, offensichtlich keine Rolle spielt. So ging es den Männern schon bei Christi Geburt. Was ich euch vorgelesen habe, ist übrigens das Evangelium nach Matthäus. So, ich will hier aber keine lange Bibelexegese machen. Hiermit ist das Buffet eröffnet. Zuvor aber wollen wir noch unseren Funkenregen starten."

Mit der Bibel und der Wunderkerze in der Hand steuerte Mondmann auf einen der Stehtische zu, dort wo Hildegard Gabriel stand. Aber er kam nicht bis dorthin. Erst spät, zu spät sah er den Motorradfahrer, der seine Maschine vor dem Eingang stoppte, heruntersprang, sie mit einem Kick aufbockte, eine Gepäckbox aufspringen ließ, eine Flasche herausnahm, den Deckel der Box zuschnappen ließ. Das Nummernschild hinten am Motorrad war mit einem Tuch umwickelt. Der Motorradfahrer, vielleicht war es auch eine Frau, was man jedoch wegen der Dunkelheit, wegen des Helms und der schwarzen Ledermontur nicht erkennen konnte, streifte seine Handschuhe ab, legte sie auf die Box, zog aus der Hosentasche ein Feuerzeug, entzündete es, hielt es an einen Lappen, der oben aus der Flasche herausguckte. Dann lief er auf die Eingangstür zu, die sich automatisch aufschob, rief „Allahu Akbar!" und warf die Flasche direkt am Eingang auf den Boden. Dort zersplitterte sie. Ein Flammenteppich begann sich auszubreiten, versperrte den Ausgang.

58

Löschversuche waren sinnlos. Auch der Feuerlöscher in der Pförtnerloge hätte nicht mehr helfen können. „Wir müssen durch den Gang zur hinteren Tür!" rief Mondmann. „Lauft! Ich alarmiere die Feuerwehr."

Ein lodernder Flammenteppich begann sich zu entwickeln. Der Doc zog sein Handy aus der Jacketttasche, tippte die Zifffern 112, begab sich rückwärts zum Gang, die Flammen beobachtend, die sich rasch weiter fraßen und schon an der Holztäfelung hoch züngelten. Auch die Feuerwehr würde nichts mehr ausrichten können. „Brand in einem Fachwerkhaus", gab er durch. „Sie müssen mit mehreren Wagen kommen." Dann teilte er die genaue Adresse mit. Du musst auch die Polizei anrufen, fiel ihm ein. Das ist ein Anschlag mit einem Molotowcocktail. Hatte jemand ein Foto gemacht? überlegte er. Hildegard hatte jedenfalls einen Apparat in der Hand gehabt. Er hatte mehrmals den Blitz wahrgenommen, während er aus der Bibel vorgelesen hatte. Vielleicht gab es eine Aufnahme von dem Motorradfahrer, auch wenn der kaum zu erkennen sein würde. Tannenbusch fiel ihm ein. Die Salafisten. Asbesi. Wo war der überhaupt? Alle waren unten im Foyer gewesen. Nur Asbesi nicht. War er etwa auf seinem Zimmer? Dann war er in höchster Gefahr. Mondmann eilte die Treppe hoch in den ersten Stock. Asbesi hatte das letzte Zimmer oben im Gang. Er klopfte, rief. Da öffnete sich auf einmal die Tür. Suleiman Asbesi rieb sich schlaftrunken die Augen, fragte: „Was ist? Ich will nicht an der Feier teilnehmen."

„Es brennt", sagte Mondmann. „Jemand hat mit einem Molotowcocktail einen Anschlag verübt. Wir müssen sofort raus. Nehmen Sie nichts mit. Lassen Sie alles zurück."

Asbesi aber hörte nicht auf ihn, lief zurück ins Zimmer, zog sich Hose und Schuhe an, warf sich eine Jacke über. „Los! Los!" drängte Mondmann. „Wir dürfen keine Zeit verlieren."

Sie eilten zur Treppe, liefen die Stufen hinunter. Unten angekommen sahen sie, dass der Gang schon in Flammen stand, voller Rauch war.

„Wir müssen zurück! In Ihr Zimmer und dann durch das Fenster", rief Mondmann. Sie eilten die Stufen nach oben, erreichten Asbesis Zimmer. Hier riss der Doc die Vorhänge herunter, knüpfte sie zusammen, riss auch das Laken vom Bett, knotete es an die Vorhänge, so dass weitere Länge gewonnen war. Er schlang das Laken um den Heizkörper unter dem Fenster, warf das andere Ende hinaus ins Freie, wo es bis fast auf den Boden reichte.

„Los, Sie zuerst!" befahl er. „Wenn Sie das Ende erreicht haben, müssten Ihre Füße den Boden berühren. Es hat keinen Sinn, auf die Feuerwehr zu warten. Bis dahin ist das Feuer schon hier oben. Halten Sie sich gut fest, rutschen Sie langsam den Stoff entlang zu Boden."

Asbesi holte einen Stuhl, stellte ihn ans Fenster, kletterte auf die Fensterbank, hielt sich an dem Hilfsseil fest, begann nach unten zu rutschen. Der Doc sah ihm von oben zu, war erleichtert, dass die Knoten hielten. Asbesi ließ nach ein paar Sekunden den Stoff aber rascher durch die Hände gleiten, nahm Fahrt auf, knallte unsanft mit den Füßen auf den Boden, ließ den Stoff los, taumelte ein paar Meter zur Seite, hielt sich aber aufrecht.

Nun griff Mondmann den rettenden Stoff. Zweimal gelang ihm das abwechselnde Umgreifen mit den Händen. Dann rutschte er rascher, landete ebenfalls unsanft auf dem Boden. Die Handflächen brannten. Aber es war nichts passiert. Nichts gebrochen. Auch Suleiman Asbesi hatte die Aktion unbeschadet überstanden.

„Danke, Herr Dr. Mondmann", sagte er. „Ohne Sie wäre das wohl kritisch für mich geworden."

„Das ist es auch weiterhin. Sie müssen mir erklären, warum Sie mich getäuscht haben. Sie konnten von Anfang an vorwärts gehen."

„Nein, ich habe Sie nicht getäuscht. Es ist wirklich ein Zwang. Ich fühlte Allahs Gericht im Nacken und musste alles, was hinter mir ist, im Auge haben."

„Hmm. Wenn Sie rückwärts gehen, haben Sie aber ein neues Hinten. Sie haben ja nicht vier Augen. Zwei vorne, zwei hinten."

„Doch. Die anderen beiden hat dann derjenige, der mir entgegen kommt."

„Hmm. Gut. Lassen wir das auf sich beruhen. Was verursacht denn Ihr schlechtes Gewissen? Also, dass Sie ein Gericht im Nacken spüren."

„Ich bin hier in Deutschland in meiner Religion lau geworden. Eine Zeit lang besuchte ich nicht mehr regelmäßig die Moschee. Die Hadsch, meine Wallfahrt nach Mekka, habe ich immer wieder hinausgeschoben."

„Verstehe. Das wollten Sie wieder gutmachen, indem Sie muslimische Sitten hier in unserem Haus durchsetzen. Deshalb also Ihr Einspruch bei der Krippe. Richtig?"

„Ja."

59

Der Verdacht fiel zuerst auf die Salafisten. Alles schien zu stimmen. Sie hatten ein Motiv, der Ausruf ‚Allahu Akbar' passte dazu. Den Motorradfahrer hatte man nicht erkennen können. Auch nicht auf einem Foto, das Hildegard Gabriel zufällig gemacht hatte, als er heranstürmte und den Molotowcocktail geworfen hatte. Das Motorrad konnte auch niemand beschreiben, geschweige denn die Nummer angeben. Alle waren unverletzt davongekommen. Die Anstalt jedoch war bis auf die Grundmauern niedergebrannt. Die Feuerwehr hatte nichts mehr retten können.

Man war überzeugt, dass der Anschlag mit Islamisten zu tun hatte. Allein Mondmann hegte einige Zweifel. Eigentlich hätte Asbesi, wäre er informiert gewesen, sich nicht in seinem Zimmer aufhalten dürfen. Mondmann hatte sich mit ihm auch darüber unterhalten.

„Herr Asbesi, haben Sie sich in Tannenbusch bei Ihren Glaubensbrüdern über uns beschwert, haben Sie etwas erzählt?"

Asbesi hatte den Kopf geschüttelt. „Nein, Herr Dr. Mondmann, ich habe niemandem etwas davon gesagt. Meinen Protest wegen der Krippe habe ich nur bei der Stadt eingereicht. Ich schwöre Ihnen, ich habe nichts damit zu tun."

Die lokale Zeitung jedoch schien ihr Urteil bereits gefällt zu haben. „Verübten Salafisten den Anschlag auf die Bonner Psychiatrie?" lautete die Schlagzeile. Eine reich bebilderte Boulevardzeitung war weniger vorsichtig. „Jesuskind von Salafisten geschändet" lautete die Schlagzeile.

Am nächsten Tag wurde Mondmann auf eine andere Spur geführt. Jemand aus dem Konsortium rief an. Es war der Monsignore. Er meldete sich aus dem Vatikan.

„Doc", meinte er, „wie schade! Da wollten wir das Haus um eine Jakobskapelle erweitern und dann so etwas. Mein Gott, jetzt ist alles dahin. Nur gut, dass unser Banker wegen der Kapelle noch einmal den Versicherungsbetrag aufgestockt hatte. Aber es ist noch unsicher, ob wir das Haus neu erbauen. Das Konsortium denkt an einen anderen Zweck. Es tut mir leid, wenn Sie dem Haus nicht mehr vorstehen können."

„Anderer Zweck?" fragte Mondmann nach.

„Nun ja", klärte ihn der Monsignore auf. „Wir haben ja ein großes Problem mit all den Flüchtlingen. Da muss man doch auch helfen.

Unser Bankier denkt an ein großes Flüchtlingsheim. Das ist doch auch etwas Gutes."

„Aha", bemerkte Mondmann. „Das hat er sich aber schnell überlegt. Der Brand war doch gerade erst gestern."

„Nein, nein", meinte der Monsignore, „gesprochen hat er schon früher darüber. Was ist denn mit ihren Patienten geschehen?"

„Die sind alle unversehrt und erst einmal wieder zu Hause. Es waren ja im Grunde leichtere Fälle."

Das Gespräch plätscherte noch eine Weile hin und her. Der Monsignore meinte, man sehe sich beim nächsten Treffen des Konsortiums. Dann verabschiedete er sich mit einem „Behüte Sie Gott!"

Mondmann dachte nach, erinnerte sich an den Besichtigungsgang mit dem Banker, rief sich noch mal alle Einzelheiten ins Gedächtnis. Auffallend war das Interesse am Foyer gewesen. Hier hatten sie sich die meiste Zeit aufgehalten, und der Banker hatte Fotos gemacht. Nur vom Foyer, nicht von den anderen Räumlichkeiten.

Nach den Feiertagen rief Mondmann im Rathaus der Stadt Bonn an, ließ sich mit der Abteilung verbinden, die für Flüchtlinge zuständig war. Er hatte einen Verdacht. „Welche Konditionen gibt es", fragte er, „wenn man für die Flüchtlinge ein Heim bauen lässt? Sind Sie darüber informiert? Kredite, Zuschüsse. Ich habe nämlich Bauland und würde gerne helfen."

„Ganz einfach", kam die Auskunft. „Wir beteiligen uns mit fast 40% am Gebäude. Der

Kredit, falls Sie einen aufnehmen müssen, ist zinslos. Die Rückzahlung sehr moderat und großzügig. Sie haben Zeit. Vor allem haben Sie auch den Vorteil der Mietsicherheit. Denn die Mieten bezahlen wir. Für weitere Auskünfte kommen Sie doch bitte vorbei. Ich darf mir Ihren Namen notieren?"

Aber da hatte Mondmann schon aufgelegt. Der Banker hatte ein Motiv. Klar, der wusste von Asbesis Eingabe bei der Stadt. Er würde jemanden beauftragt haben, den Molotowcocktail zu werfen und „Allahu Akbar" zu rufen, um den Salafisten den Anschlag in die Schuhe zu schieben. Das Konsortium würde erst eine stattliche Versicherungsprämie kassieren und konnte dann mit städtischem oder auch staatlichem Geld ein Heim errichten, mit dem sich doppelt so viel verdienen ließ wie mit der kleinen Psychiatrie. Beweise allerdings hatte der Doc nicht. Der Banker war auch zu gerissen, um irgendwelche Spuren zu hinterlassen. Und den Motorradfahrer zu finden, kam der berühmten Suche nach einer Nadel im Heuschober gleich.

60

Er rief Hildegard an. „Ich brauche das Foto, das du gemacht hast. Ich komme mit meinem Laptop vorbei. Ich übertrage das Bild, vergrößere es. Vielleicht erkennen wir doch etwas."

Hildegard Gabriel wohnte in Bonn-Endenich, gegenüber der Burg. Mondmann war schon einige Male dort gewesen, hatte sie zu besonderen Gelegenheiten besucht. Einmal, als sie krank gewesen war. Ein paar andere Male hatte er eine Einladung zu ihrem Geburtstag erhalten. Der letzte Besuch lag erst ein paar Tage zurück. Das war nach dem Wein in der ‚Lustigen Witwe' gewesen.

„Versprichst du dir etwas von dem Foto?" fragte sie. „Die Polizei hat jedenfalls nichts herausfinden können."

„Mal sehen", antwortete Mondmann. „Ich habe einen Verdacht. Mit den Salafisten hat dieser Anschlag nichts zu tun, eher mit Bauspekulation und Versicherungsbetrug."

Er übertrug das Foto von der Kamera auf den Laptop, vergrößerte es Schritt für Schritt. Das Foto war nicht gestochen scharf, aber man konnte alles erkennen. Das Objektiv war im Moment der Aufnahme auf ihn, Mondmann, gerichtet, wie er mit der Bibel in der Hand auf ihren Tisch zusteuerte. Die Perspektive war weit genug gewesen, um auch den Eingang zu erfassen. Man sah den Motorradfahrer, sah in der linken Hand den schon brennenden Molotowcocktail.

„Größer, größer!" murmelte der Doc. „Die Hand. Man kann die Hand sehen." Er vergrößerte noch um ein paar Stufen. „Ja, das ist es", sagte er. „Siehst du den Ring an der linken Hand, am Mittelfinger?"

Hildegard Gabriel beugte sich über den Bildschirm. „Ja", sagte sie. „Was ist damit?"

„Da ist ein Wappen auf einem Turmalin. „Ein ‚D' umkränzt von Lorbeer. Du kennst dieses Wappen?"

„Nein."

„Aber ich. Es ist das Wappen der Dillinger. Dillinger ist die Bankiersfamilie. Unser Banker ist höchstpersönlich erschienen. Dass er Motorrad fahren kann, wusste ich vorher schon. Er hat oft von seinen Touren berichtet und etwas angegeben damit. Angeblich ist er sogar durch die Sahara gefahren. Gut, sei's drum. Das ist jetzt nicht wichtig."

„Hast du seine Stimme nicht erkannt?"

„Nein. Er muss sie noch nicht mal verstellt haben. Er hat das ja unter dem Helm gerufen."

Er erzählte, was er in Erfahrung gebracht hatte. Von dem Aufstocken der Versicherung, vom Plan des Bankers, mit einem Flüchtlingsheim mehr Profit einzufahren.

„Auf dem Anwesen kann er einen ganzen Gebäudekomplex errichten. Mit hunderten von Appartements und Wohnungen. Ein riesiges, profitables Projekt mit geringeren Verwaltungskosten als bei der Psychiatrie."

„Was willst du jetzt tun?"

„Tja, was? Hat er Rücksicht auf uns genommen? Nein! Ich kann diese Geschichte auch nicht auf dem Islam sitzen lassen. Was wahr ist, soll wahr bleiben. Ich gebe ihm die Möglichkeit, sich selbst anzuzeigen und die Geschichte gegenüber der Zeitung richtig zu stellen. Was soll ich sonst tun?

Schweigen? Er hat rücksichtslos gehandelt. Herr Asbesi hätte umkommen können. Abgesehen davon, hätte auch uns etwas zustoßen können. Soll ich jetzt den Dankbaren spielen, weil er mich aus Lissabon geholt hat? Ich mache es nicht gerne. Es ist mir zuwider. Mit einer Selbstanzeige erhält er Strafmilderung."

„Du willst zu ihm fahren?"

„Nein. Ich werde ihn anrufen, ihm erzählen, was ich weiß. Dann wird er, muss er zur Polizei gehen. Auf irgendwelche Treffen mit ihm lasse ich mich nicht ein. Bis die Sache erledigt ist, werde ich im Hotel wohnen, nicht bei mir. Ich traue unserem Banker nicht. Dass du Bescheid weißt, werde ich ihm natürlich nicht sagen."

„Hotel? Was soll das? Die paar Tage werde ich dich aushalten können."

61

Dillinger, der Banker, hatte keine Chance. „Doc, das können Sie doch nicht machen!" jammerte er. „Wir halten doch zusammen. Sie bekommen von mir einen Anteil am Gewinn. Dann geht es Ihnen doch auch gut."

„Nein, dann geht es mir nicht gut. Es tut mir leid. Aber Sie hätten den Konflikt mit dem Islam nicht benutzen dürfen. Anderen etwas in die Schuhe schieben geht nicht."

„Ich wusste nicht, dass Sie so moralisch sind", bemerkte Dillinger. „Was ist denn passiert? Ein doofes Gebäude ist abgebrannt, eine Anstalt für

Irre. Ist jemand verletzt worden? Nein. Kommt es bei den Salafisten auf eine Tat mehr oder weniger an? Nein. Also, Doc, stellen Sie sich nicht so an! Sie kommen reich beschenkt aus dieser Geschichte heraus."

„Ich wollte eine sinnvolle Arbeit und eine Jakobuskapelle."

„Schmarren! So ein Quatsch! Was wollen Sie mit einer Kapelle?"

„Lassen wir das. Es bleibt dabei. Sie gehen zur Polizei, gestehen alles. Das gibt Strafmilderung. Und bevor Sie dorthin gehen, schreiben Sie an die Zeitungsredaktion. Das ist mein letztes Wort. Ich warte auf den Zeitungsartikel."

Mondmann hatte mit seinem Handy angerufen. Nach dem Telefonat schaltete er es aus, nahm sogar den Akku heraus, damit Dillinger ihn auf keinen Fall orten konnte.

„Du bist aber raffiniert", meinte Hildegard Gabriel.

„So etwas weiß man einfach", erklärte Mondmann. „Nur Handy abschalten, genügt nicht. Du hast ja gar keine Ahnung, welche Methoden es heutzutage gibt, um jemanden aufzuspüren. Wetten, dass Dillinger jetzt ins Bergische fährt, um mit mir zu reden? Aber er wird mich nicht antreffen, und dann hat er keine andere Wahl, als zur Polizei zu gehen, sich zu stellen. Wenn er klug ist."

Aber da hatte der Doc sich getäuscht. Es erschien auch nach drei Tagen kein Zeitungsartikel, der die Brandursache klarstellte. Dillinger war abgetaucht, verschwunden.

„Okay", meinte Mondmann. „Auch eine Lösung. Keine schlechte. Da werde ich das mit der Zeitung und mit der Polizei selbst in die Hand nehmen. Jetzt hat er ja einen Vorsprung. Dass er Geld auf ausländischen Banken hat, ist ja wohl klar. Unser Banker ist ein Fuchs."

62

Eine ganze Woche wohnte Mondmann bei Hildegard Gabriel. Dann war klar, dass von Dillinger, von dem Banker, keine Gefahr mehr ausging. In der Bonner Tageszeitung erschien nur ein kleiner Artikel, der den Brand in ein anderes Licht rückte. Allerdings mit Fragezeichen. Man schämte sich offensichtlich, mit der Beschuldigung der Salafisten einen Schnellschuss begangen zu haben. Der Artikel war kurz, zurückhaltend. Man wolle, da der Bankier noch nicht gefasst und vernommen worden war, nicht in laufende Ermittlungen eingreifen. ,Führte Bauspekulation zu dem Brand auf dem Bonner Venusberg?' hieß die Überschrift. Die bebilderte Boulevardzeitung griff den Fall nicht mehr auf. Für sie war das Jesuskind geschändet worden. Egal von wem. Versicherungs-betrug und Bauspekulation gaben keine zündenden Schlagzeilen her. Das war zu gewöhnlich, alltäglich.

Mondmann genoss die Tage bei Hildegard Gabriel. Sie kümmerte sich mütterlich um ihn, kochte, sie gingen zusammen einkaufen, an einem der Abende auch ins Kino, wo der Film ‚Ich bin dann mal weg' gerade angelaufen war. Nach dem Kino tranken sie in einer irischen Kneipe ein paar Guiness.

„Schon seltsam", sagte er. „Da sprechen wir uns dreißig Jahre mit ‚Sie' an. Dann nach der ‚Lustigen Witwe' mit ‚Du'. Ein paar Tage später wird die Psychiatrie abgefackelt, und jetzt sind wir beide arbeitslos."

„Und? Was willst du jetzt machen?"

„Amadou habe ich mit einem prächtigen Gutachten ausgestattet. Er wird rasch eine neue Anstellung finden. Aber um ein paar Schäfchen muss ich mich noch kümmern. Die meisten sind bei ihren Ehefrauen. Da haben sie sich neu zu bewähren. Riddelhoff habe ich übrigens einen Judokurs empfohlen. Bei Kaplan und Donrath muss ich abwarten, ob sie alleine zurecht kommen. In die geschlossene Psychiatrie will ich sie nicht überweisen. Sie haben ja einen harmlosen Spleen. Gefährlich sind sie nicht. Und du?"

Hildegard lachte. „Gefährlich? Ich doch nicht."

„Nein, ich meine, was willst du machen? Ohne Beschäftigung, das ist für uns beide nichts. Dann langweilen wir uns nur."

Sie hob die Schultern, sah ihn prüfend an. „Ich weiß es noch nicht."

„Ich habe da eine Idee. Wir fahren mit dem Wagen nach Spanien, nach Sayalonga auf meine Finca."

„Urlaub?"

216

„Nein. Wir eröffnen dort eine Praxis, Lebensberatung."

„In Sayalonga?"

„Da nicht. Das liegt ja abseits in den Bergen. Nein, an der Küste. In El Morche, Torrox oder Nerja."

„Und wen willst du dort beraten?"

„Da sind viele deutsche Rentner. Kein Mangel an Publikum."

„Ich dachte immer, unter spanischer Sonne leben die glücklichsten Menschen der Welt", bemerkte Hildegard.

„Ach was. Probleme nimmt man überall hin mit. Nur das Wetter ist besser dort. Das Glücklichsein ist nur eine Attitude. Die tun so, als seien sie jetzt im Paradies, studieren im Winter mit Schadenfreude den deutschen Wetterbericht. Aber nicht wenige fallen in Lethargie, Depression. Andere werden auf einmal, wie um sich zu betäuben, hyperaktiv, jagen von einer Veranstaltung zur anderen, von einer Exkursion zur nächsten. Ehepaare gehen sich auf den Geist und trennen sich. Wer zum Säufertum neigt, stürzt endgültig ab. Unsere Praxis wird nicht leer sein. Gespräche und ein bisschen Lebensberatung sind willkommen. Wir könnten dort zusammen arbeiten."

„Hmm. Dann wäre ich ja wieder deine Sekretärin."

„Nein. Wir teilen uns die Klienten. Für Lebensberatung braucht man kein Diplom, keine offizielle Ausbildung. Lebensberaterin ist kein rechtlich, beruflich geschützter Begriff. Es kommt auf Erfahrung an. Die hast du genug. Vor allem die letzten dreißig Jahre waren sehr speziell. Für die Büroarbeit finden wir schon jemanden."

Sie lachte. „Du kommst auf Ideen! Ja. Warum nicht? Probieren wir's doch aus. Unsere Wohnsitze hier behalten wir aber zunächst bei."

Sie hoben die Gläser, stießen an. „Salute!"

„Wann werden wir denn fahren?" fragte sie.

„Auf jeden Fall vor Karneval!"

Rüdiger Schneider, Jahrgang 1947, nach der
Promotion in Germanistik Unterricht am
Gymnasium und als Dozent an einer Universität in
Bangkok; während dieser Zeit Motorradtouren
durch verschiedene Länder Südostasiens,
Reisereportagen.

Förderpreis zum Literaturpreis Ruhrgebiet. Es
erschienen die Kriminalromane ‚Pandoras
Schatten‘, ‚Das Nausikaa-Fragment‘, ‚Loreley‘ und
zusammen mit Rainer Küster ‚Der Kreis des
Kopernikus‘, ‚Drachentod‘ und ‚Wolfszorn‘.

Weiter der Erzählband ‚Siamesische Nächte‘ sowie
die Romane ‚Taxi nach Santiago‘ und ‚Barqueros
Geheimnis‘. Seit 2008 zahlreiche Veröffent-
lichungen zum Jakobsweg, den der Autor mal mit,
mal ohne Esel geht. In dieser Zeit hat er in
Deutschland, Frankreich und Spanien etwa 5000
Kilometer zu Fuß zurückgelegt. 2013 erschien ‚Ein
Vagabund auf dem Jakobsweg‘, 2014 ‚Via
Hildegardis – Der Hildegard von Bingen-Weg‘ und
mit ‚Crazy Crissy‘ der erste ‚Mondmann-Roman‘.
2015 dann der Pilgerführer ‚Entlang des Glan‘.
Website des Autors: www.ruediger-schneider.net